悅心
文言讀本 ②

誦名言　讀經典　賞美文

顧問　朱少璋博士

啟思出版社

序

古典春泥，妙筆生花

朱少璋

　　個人一向主張寫作要多從大傳統汲取養分。歐陽修說「不忘前人，是以根深而葉茂」（〈會聖宮頌〉），「根」既是根基之義也兼涉根源之義，大傳統正是我們的根基根源，「不忘」二字也正是學習應有的態度。

　　「從大傳統吸取養分」聽來抽象，具體簡單一點，不妨直接理解為「多讀古典文」。現當代語體文學不見得與古典文學不共戴天。古典詩文簡潔清通優美暢達的優點，實在跟語體白話的要求相類相近又相通。喜愛寫作而忽略古典，是非常可惜的。古典詩文名篇不少，名句也多，讀者不妨由句入篇，自能領會得到「初極狹，纔通人；復行數十步，豁然開朗」的桃源意趣，終身受用。說閱讀古典詩文有助寫作，也許不必陳義過高，畢竟，當代人的語體白話「書寫」能否融匯古典文學的神理氣味與格律聲色，最終還是要看造化，要看個人感悟，不可能立竿見影。但透過大量閱讀古典名篇，積累有用的詞匯與名句，對寫作又怎會沒有幫助？更何況名篇名句寓意深刻，可以啟發思考，又可供引用或充當論據，作用是很大的。

　　歐陽修〈誨學說〉起筆即引用《禮記・學記》名句「玉不琢，不成器，人不學，不知道」，下文別出心裁，在名句的基礎上用「然」字轉出另一番深意：「然玉之為物，有不變之常德，雖不琢以為器，而猶不害玉也」，說明即使玉石不加雕琢也無損其本質的道理。歐陽修再進一步深化主題，提出「人之性，因物則遷，不學，則捨君子而為小人」的反思，認為玉石可以不雕琢，但人若不學習就會淪落。〈誨學說〉分明是引

用名句而又同時對名句作逆向或批判的反思，翻出另一層新意。《禮記・學記》的說法是重視玉石與人之相同，歐陽修則強調玉石與人之相異。余光中〈聽聽那冷雨〉中有一段別具詩情畫意的文字：「饒你多少豪情俠氣，怕也經不起三番五次的風吹雨打。一打少年聽雨，紅燭昏沉。兩打中年聽雨，客舟中，江闊雲低。三打白頭聽雨在僧廬下，這便是亡宋之痛，一顆敏感心靈的一生：樓上，江上，廟裏，用冷冷的雨珠子串成」；這正是化用南宋蔣捷的〈虞美人・聽雨〉：「少年聽雨歌樓上，紅燭昏羅帳。壯年聽雨客舟中，江闊雲低斷雁叫西風。而今聽雨僧廬下，鬢已星星也。悲歡離合總無情，一任階前點滴到天明。」余光中穿插巧妙，為當代語體書寫鋪墊古雅氣韻。以上兩個例子，一古一今，大概可以具體展示根深的作用、葉茂的效果。

　　寫作是「積累」與「感興」結合的成果。「感興」瞻之在前忽爾在後，無法勉強可以隨緣。「積累」卻是磨針的功夫，沒有捷徑不容取巧，多讀古典名篇多誦古典名句，收穫自然可觀。徐國能重視古典，在〈文化是寫作的沃土〉中說文言文「包含了江上的清風廟堂的憂國」，對極了——那一霎「江上的清風」自蘇東坡的〈赤壁賦〉吹來，那一縷「廟堂的憂國」出自范仲淹的〈岳陽樓記〉。徐國能的散文寫得好不好讀者自有評價，生於1973年的青年散文家如此重視古典又能如此活用古典，實在令人刮目相看。余光中談個人的「國文啟蒙」，說一個人的中文根柢必須深固於中學時代，此話不虛。但願比徐國能年輕的「後輩」，同樣能鍾情閱讀、重視古典、熱愛寫作。

2015 年 1 月寫於浸會大學東樓

從悅心到啟明

劉偉成

《悅心文言讀本》這個書名包含了兩個典故，也寄寓了我們的兩個編纂理念。首先是前面的修飾語，典出清帝雍正所編的《悅心集》。雍正即位前，生活還未給政務充斥，有較多閑暇和心思去讀書，每次讀到教自己有所領悟的篇章，便會抄錄下來，俾便日後再細味品讀，讓自己可以放逸身心，超脫塵俗，修養心性。登基後的第四年（即1726年），雍正將這些名篇輯錄成《悅心集》，在書序中指所選的篇章都足以「消除結滯，浣滌煩囂，令人心曠神怡，天機暢適」；涵蓋的作者「有仕，有隱，有儒，有釋，有高名，有無名」，不專一家；所錄的體裁「有莊語，有逸語，有清語，有淺近語」，不名一體。雍正將書賜給親信直隸總督李衞，囑他：「公務餘暇，時一展對，頗可悅目清心。」

本書之所以冠上「悅心」之名，乃因它跟《悅心集》一樣，不但選材廣泛，不拘一格，不限一時，不專一家，言近指遠，辭簡味長，還可讓讀者濯滌心靈，陶冶性情。雖然文言已非我們平常慣用的語言，但這並不代表文言已死，文言仍存在於我們日常生活中，仍是語言學習的「瞭望台」，亦是中國傳統文化的「蓄層」。文言，對時下年輕人來說，尤其陌生，惟坊間缺少一本與現代生活結合得宜的文言讀本，供年輕人置於案頭，不時觀覽，於俯仰之間，領會中國文化的要義。正如當初李衞雖目不識丁，但還是努力試讀，怎料卻讀出味兒來，他給雍正回奏時指出《悅心集》是「修身至寶」。雖然對於學生來說，閱讀文言未能在一時之間收到「修身」之效，但仍可學習雍正勤讀書，廣泛涉獵，每有所悟便抄錄存檔的良好習慣。

如果説「悦心」的含意給本書訂定了編寫的宏旨，那麼「文言讀本」
這個「中心語」所包含的典故，便彰顯了落實理念的範例。上世紀四十
年代，三位「五四」名士朱自清、葉聖陶和呂叔湘編製了《開明文言讀
本》三冊；後來為方便學生不時研讀，葉、呂（時朱自清已仙逝）又將
三冊合為《文言讀本》一冊。葉、呂在「前言」中表示，由於文言已為白
話取代，學生不用具備寫作文言文的能力，所以學習文言的價值主要是
為了欣賞過去的文學；但又強調選材上刻意減低純文藝作品的比例，多
選「廣義的實用文」，這兩者看似矛盾，其實不然。當時的學生確實不需
要寫作文言文的能力，但多讀文言經典，絕對有助提升寫作白話文的能
力，令語言更凝煉，含蘊更豐富，唸起來也更鏗鏘和富節奏感。另外，
《文言讀本》所謂的「廣義的實用文」包括〈桃花源記〉、〈岳陽樓記〉等情
理並茂的經典，跟現在我們所理解的「實用文」不同。編者之所以將之
歸為「實用」的範疇，旨在突出其與學生生活息息相關，即使不再使用
文言，但其中的情意及思想卻是值得追慕的。

《悦心文言讀本》以同樣的理念為學生編纂而成。學習文言該從生活
出發，許多文言警句在無意間進入了我們記憶的深處，偶然在不同的生
活場景中閃現，帶來的無論是安慰還是棒喝，都是「開明啟竅」的經驗。
本書以二十六句警世箴言切入，進而在「名言溯源」中介紹其出處篇章
（並附語譯），篇後的「小百科」臚列跟篇章有關的「文化知識」，增加學
生的文化積澱，有效提升其解讀文言文的能力。至於「名言共賞」則深
入剖析名言所含的文化意蘊，並輔以漫畫，深入淺出地幫助讀者了解名

言背後的精神價值，讓學生得以從「知其所言」拓展到「知其所以然」的層次。以第一篇〈滿招損，謙受益〉為例，讀者在「名言溯源」中，會讀到這名句的出處篇章《尚書・虞書・大禹謨》，然後有「小百科」專欄介紹儒家經典典籍《尚書》的史學地位，又簡介了篇章中提及的人物——大禹和伯益兩位傳奇人物的生平，接着在「名言共賞」中便帶出儒家思想中的「謙恭自省」的處世哲學，並進一步提出其他意義相近的文言警句，如《論語・為政》中的「知之為知之，不知為不知」、《易・謙》中的「謙謙君子，卑以自牧也」，讓學生掌握儒家學說中「謙恭」、「仁德」等修身處世主張如何相互貫通，有效深化和鞏固所學。在「名言活學」的部分，則以「紙上談兵」和「柳公權學字」兩則有趣的歷史故事，深化學生對謙恭處世的領悟，又提出「反思問題」引導學生作切身的反省，在生活共鳴中體會古人的訓勉和智慧。本書為《悅心文言讀本》的第 2 冊，每冊均載有二十六篇文言經典，即兩冊共收五十二篇——如果將細讀進度設定為「一週一篇」，那麼一年五十二個星期後，便剛好讀畢兩冊，足以為文言知識奠下扎實的根基。

一般的文言讀本多止於解透篇章，《開明文言讀本》每篇備注釋以外，兼有詳盡的「討論與練習」，對學生研讀文言文猶有裨助；這本《悅心文言讀本》的體例繼續發展，務求與時並進，特別創設了「美文欣賞」的欄目——本書所選的是跟該輯文言選篇有相近意蘊的現代名家美文。舉例來說，在第二輯「志向抱負」的文言篇章後，便有三篇現代美文，其中一篇是本書的顧問朱少璋博士的〈守墓〉，乃承該輯主題，闡述守護志業之重要。朱少璋博士的作品在香港屢獲大獎，例如這篇〈守墓〉便選自他的得獎散文集《灰闌記》（獲第十屆中文文學雙年獎散文組首獎）。我們期望這些現代美文可以令學生進一步體味到傳統的文化意蘊和倫理

價值觀，達至觀摩的目標外，更冀盼能收到「藥引」之效，引導學生主動閱讀本土名家的作品，從增加對自己所住地方的歸屬感和對中華文化的注視。誠然不用人人都像朱少璋在〈守墓〉中所言那樣，「去守一座國粹的墓」，但中國文化傳承了幾千年，必有其精粹之處，觀賞過後，喜愛與否，每人心中自有判斷，但至少那是經過沉澱和深思的結論，而不是因為缺乏貼心的導賞而錯過。如果學生讀了這冊讀本，得以強化閱讀理解的能力，並懂得運用觀摩到的寫作小訣竅，在公開試的寫作卷取得佳績，因而變得自信、懂得獨立思考，那麼出版這本小書已是值回票價，如果還可以引導學生扎穩文字的根柢，找着文化的根縱，那便是功德無量了。

當年《開明文言讀本》甘冒編纂「雜亂」的譏誚，而收錄包括小品、佛經、筆記、序跋、家訓，甚至小說各類文章。這本《悅心文言讀本》也承此用心，以警句切入，廣及不同的文言篇章，再輔以語譯、漫畫、剪報和寫作示例作闡釋，不拘一格，只為以較「開明」的編纂手法，帶領學生欣賞文言作品及其背後純厚的文化意蘊，進而阜豐他們的生活，實現先「悅心」而後「開明」的美好宏願。另外，編者亦期望新收入的現代美文，可以在思想上發揮「啟明」的作用。啟明星，就是金星，在古代它叫太白星。傳說李白的母親在懷孕期間夢到太白星，故為兒子取這個名字。金星之所以稱為啟明星，乃在於它是在黎明時分最早升起的晨星。啟明，就是冀盼傳統文化的精粹可以在學生開展一天的生活前，發放一點定位的光芒，縱然它瞬間便淹沒在教人營役的白日中，但只要它已印在我們的記憶中，並在日後困蹇時帶來一點睿智的安解，那已很足夠。

目 錄

問學之道

世態人情

人生感慨

附錄

修身處世

1 滿招損，謙受益。

《尚書·虞書·大禹謨》

名言溯源

古文	今譯

古文

　　正月朔旦，受命于神宗，率百官若帝之初。

　　帝曰：「咨，禹！惟時有苗弗率，汝徂征。」

　　禹乃會羣後，誓于師曰：「濟濟有眾，咸聽朕命。蠢茲有苗，昏迷不恭，侮慢自賢，反道敗德，君子在野，小人在位，民棄不保，天降之咎，肆予以爾眾士，奉辭罰罪。爾尚一乃心力，其克有勳。」

　　三旬，苗民逆命。

　　益贊于禹曰：「惟

今譯

　　正月初一早晨，禹接受帝舜的任命，就像帝舜當初受命時那樣統率百官。

　　帝舜說：「唉，禹！現在只有有苗族不服從我們的禮教，反動作亂，你去征討他們。」

　　禹會合諸侯後，誓師說：「眾位軍士，都聽從我的命令！蠢蠢欲動的有苗族人，昏庸不敬，態度輕慢，自以為賢，違反正道，敗壞德行；令君子無法在朝中擔任官職，小人卻在朝中任職要位。人民被拋棄不受保護，上天降下災禍。因此我率領你們一眾將士，奉行帝舜的命令，討伐有苗族，懲罰他們的罪行。倘若你們同心同力，就能克敵有功。」

　　三十天後，有苗族人仍違反命令。伯益前往輔助禹，說：「只有德行能感動上天，無論多遠的地方都能

德動天，無遠弗屆。滿招損，謙受益，時乃天道。帝初于歷山，往于田，日號泣于旻天，于父母，負罪引慝。祇載見瞽瞍，夔夔齋慄，瞽亦允若。至誠感神，矧茲有苗。」

禹拜昌言，曰：「俞！」班師振旅。帝乃誕敷文德，舞干羽于兩階。七旬，有苗格。

《尚書·虞書·大禹謨》（節錄）

到達。自滿會招來損害，謙虛會獲得益處，這就是自然規律。帝舜最初在歷山耕作，來往於田野間，每天向上天呼號哭泣，對於父母不滿自己，他背負罪名，引咎自責。因事要拜見父親瞽瞍，必定表現得莊重而敬畏，瞽瞍也因此信任順從他。極為誠心就能感動神明，何況是有苗族呢？」

禹拜謝這番美言，說：「對！」便調動軍隊，整頓部隊而回。帝舜於是大施禮樂教化，又在宮廷的台階之間拿着干盾和羽毛等舞具跳舞，宣揚文德。七十天後，有苗族就歸順了。

小百科

▷ 《尚書》

《尚書》是中國最早的歷史文獻，儒家經典之一，又稱《書》或《書經》，「尚」即「上」，是「上古」的意思。據說《尚書》是由孔子彙編、刪定上古時代的歷史文獻而成，共有一百多篇，記錄了君臣之義、仁德治國等事迹及言論，是研究上古中國人民生活、社會制度的寶貴史料。由於戰亂散佚、後人偽作，《尚書》的版本各有說法，現時流行的大多以唐人孔穎達《尚書正義》為底本而編成。《尚書》對中國儒家學說以及國人品德修養影響深遠，當中有很多至今仍廣為傳誦的警世名言，例如出自《尚書·虞書·大禹謨》的「滿招損，謙受益」，出自《尚書·商書·太甲中》的「天作孽，猶可違；自作孽，不可逭」，均意味深長。

➤ 禹（生卒年不詳）

禹，姒姓，名文命，夏朝開國君主，史稱伯禹、夏禹，後世尊稱大禹，意指「偉大的禹」。傳說禹是黃帝的玄孫，他繼承父親鯀治水的任務，疏通九河，與百姓合力把平原的積水引入江河，根治了中原洪水泛濫的禍患。相傳他為了專心治水，忍痛與家人分離，曾經「三過家門而不入」，歷時十三年方完成大業。上古共主帝舜欣賞禹治水有功，解救百姓於危難，便把共主之位禪讓給他。據春秋文獻所載，禹除成功治水外，還有其他德政，是一名傑出的領袖。

➤ 伯益（生卒年不詳）

伯益，嬴姓，古代嬴姓各族的祖先。伯益最突出的貢獻就是輔助大禹治水，事迹見於《史記》的〈夏本紀〉、〈秦本紀〉等。伯益治水時，與大禹遊歷中原，把各地風土人情記錄下來，成為記載遠古神話歷史的著作《山海經》的素材。伯益不僅治水有成，他還說服了帝舜和禹以文教令有苗族歸順，在民族融和方面有很大的貢獻。

名言共賞

《尚書・虞書・大禹謨》記錄了上古時代帝舜、大禹和伯益的事迹，從有苗族作亂、在位者如何令民心歸順一事，顯示了虛心納諫、仁德治民的好處。名言「滿招損，謙受益」就是來自這篇文章。

上古時期，位處邊陲的有苗族與中原部族發生衝突，中原亦多次出兵征討。其中一次由禹率領，討伐了三十天而有苗族仍然不肯歸順。這時，伯益提出武力征討並不可行，建議禹以德治教

化有苗族，使他們歸順。伯益還提到「滿招損，謙受益」，意思是自滿會招來損害，謙虛才能得到益處，並以帝舜仁德動天的事迹為理據，證明治國以德，不但能服人，還能感動天地，禹只要秉持謙虛仁德，恩威並施，以德服人，必能令有苗族歸順。禹虛心納諫，決定退兵，及後帝舜也推行文教，成功令有苗族歸順。倘若舜、禹拒絕伯益的建議，堅持討伐有苗人，兩族干戈不止，受害的也只有人民。

舜、禹二人並沒有仗着中原勢強而自滿，是「謙受益」的最佳示範。「滿招損，謙受益」一句是經典的修身格言，謙虛也是君子應有的品德。《易‧謙》載：「謙謙君子，卑以自牧也。」勸人要像君子般以謙虛、謹慎的態度約束自己。孔子也常強調謙虛的重要，如《論語‧為政》記載孔子説：「知之為知之，不知為不知，是知也。」意思是肯承認自己無知，不自大，這就是智慧。有次孔子到太廟參加祭祖典禮，他剛進廟便向人詢問大小事情。有人譏笑他不懂禮儀，甚麼都不懂。孔子不以為恥，反説問清楚自己不懂的事，才是尊敬場合、符合禮節的表現。就是這種不恥下問的態度，令孔子不斷積累學識，得到後世尊敬。

歷史上不少名人的行為都體現了「滿招損，謙受益」，他們曾因自滿而招致失敗，學懂謙虛後便獲得成功。以下故事出自《五代名畫補遺》，講述五代梁朝名畫家跋異由恃才傲物變得虛心學習的經過，説明了即使天賦才華，也要謙虛學習才能成功。

名言活學 ✉

歷史上有不少「謙受益」的美談，也屢見「滿招損」的教訓。細讀以下故事，看看怎樣才能做到「謙受益」。

紙上談兵

趙括是戰國時期趙國的將領，父親是趙國名將趙奢。趙括自小在父親薰陶下熟讀兵書，但一直沒有實戰經驗。趙奢見兒子與他談論兵法時總是驕傲自滿，已擔心他日趙括領兵，軍隊必敗。及後趙國中了秦國的反間計，其時又逢趙奢過世、大將廉頗身患重病，趙國便由趙括暫代將領。趙括未曾出戰，只懂把兵書上的方法直接運用在戰場上，結果如他的父親所料，軍隊節節敗陣，四十萬將士命斷沙場，趙括也被秦軍包圍射殺。

❌ 自滿帶來的後果可大可小，你身邊有「滿招損」的例子嗎？

柳公權學字

柳公權自小書法出眾。有一次，他與朋友比賽書法，自認天下第一。一名老人看不過眼，便嘲諷他的書法不外如是，更說京城有人用腳寫的字比他的書法更優秀。柳公權不相信，第二天便到京城去，果然看見一個雙手殘缺的人用腳在地上寫字，字體剛勁有力。他頓時為自己的驕傲感到慚愧，即席向殘疾人請教。那人見他虛心求教，便寫道：「寫盡八缸水，硯染澇池黑；博取百家長，始得龍鳳飛。」柳公權明白對方提醒他要謙虛求學、勤奮練習。於是他便參考百家作品，廢寢忘餐地鑽研書法，最終成為唐代書法名家。

❌ 自滿為人帶來甚麼限制？除了謙虛學習，我們要怎樣做才能達成目標？

2 君子坦蕩蕩，小人長戚戚。

《論語‧述而》

名言溯源

古文

子曰：「君子坦蕩蕩，小人長戚戚。」

《論語‧述而》（節錄）

今譯

孔子說：「君子心胸平坦寬廣，小人常常憂愁不安。」

小百科

▷ 孔子（約公元前 551- 前 479 年）

孔子名丘，字仲尼，春秋時期魯國人（今山東曲阜），「子」並非他的名字，而是古人對品德高尚、有學問和地位的男子的美稱。孔子十五歲就立志做學問，三十歲已有弟子追隨他學習，他主張「因材施教」、「有教無類」，開創私人講學的風氣。由於春秋時期禮樂崩壞，於是孔子周遊列國，游說諸侯施行仁政德治，恢復社會秩序。他所注重的「仁」（愛人自愛）、「禮」（遵守禮制）也成為儒學的重要思想之一。漢武帝獨尊儒術後，儒家學說成為中國主流思想，深深影響文化和社會的發展，後人也尊奉孔子為「至聖」和「萬世師表」，視他為教育家的典範。

➤《論語‧述而》

　　《論語》是由孔門後人集體編纂而成的一部語錄體著作，主要記錄孔子和其弟子，以及其弟子與門人之間的對話，反映了孔門思想和學說。全書共有二十篇，篇名取自篇首的二、三字。書中常見的「子」及「夫子」皆指孔子，「弟子」指孔子的學生，「門人」則指孔子弟子的學生，即再傳弟子。南宋時，朱熹將《論語》、《孟子》與《禮記》的〈大學〉和〈中庸〉合稱為「四書」。〈述而〉是《論語》的第七篇，共三十八章，主要記述孔子主張的教育思想和學習態度。孔子一生着力編修「六經」(《詩》、《書》、《禮》、《樂》、《易》、《春秋》)，專注述舊，六經亦成為儒學核心內容之一。〈述而〉一篇開首云：「述而不作，信而好古，竊比於我老彭。」表達了孔子希望傳述前賢思想，而非為創新學說的想法。後來學者在研究孔子和儒家思想時，對〈述而〉這一篇也有較多的引述。

名言共賞

　　孔子注重仁德，而君子就是體現仁德的代表人物。在《論語》中，「君子」一詞出現了 107 次之多，與「仁」不相伯仲。孔子說：「聖人，吾不得而見之矣；得見君子者，斯可矣。」(聖人，我不可能看到了；能看到君子，也就可以了。) 在孔子眼中，君子的地位僅次於聖人，是人的楷模，他經常闡述成為君子的條件，說明儒家的道德規範，例如「君子求諸己」(君子只對自己有所要求)、「君子不憂不懼」(君子不憂愁、不恐懼) 等。與「君子」相對的概念是「小人」，小人指未受教育、道德水平較低的人，《論語》常通過君子和小人的對比，帶出儒家的道德修養標準。

　　「君子坦蕩蕩，小人長戚戚」是我們常聽到的描述君子與小人之別的名句，意指君子心胸平坦寬廣，小人卻常常憂愁不安。這

句話表達了兩種相對的心態：君子不受名利物欲拘束，「食無求飽，居無求安」，故能豁達舒懷；小人或為利所愁，或為名所困，由於名利虛幻多變，因此小人要經常為了追名逐利而憂心忡忡。

君子心繫家國，有嚴謹的道德標準，與小人只追求個人名利的目標大不相同，其胸襟也就比小人來得寬廣，不怕別人詬病；也因為君子要忍辱負重，包容所有不甘、困苦與詆毀，故能坦然面對一切。正如北宋名相范仲淹有以天下為己任、置個人榮辱於後的抱負，因此才有「不以物喜，不以己悲」的坦蕩胸懷。反觀小人着眼於金錢權位，常常計算，患得患失，日夜難安，自然無法坦然自若地處事。

東漢時，東萊太守楊震上任途中路經昌邑，邑令王密夜裏前來拜訪，送他金子，答謝他提拔之恩，並保證此事定無人知道。怎料，楊震竟義正詞嚴地教訓他說：「天知，神知，我知，子知。何謂無知！」楊震秉持原則，不受利誘，心安理得，做到夜半敲門也不驚。他為人剛正不阿，公正廉潔，常理直氣壯地責陳時弊，即使老來被誣陷，臨終前仍然是了無畏懼，十分坦蕩。

以下一則漫畫講述了一名老和尚如何放下世俗的執念，以坦蕩蕩的心態幫助有需要的人。老和尚光明磊落，心無雜念地背起女子過河，他在放下女子的一刻，同時放下助人之事，不受此事困擾，這也是「君子坦蕩蕩」的表現。

好了，我們也上路吧。

……是的，師父。

師父剛才為甚麼要破戒，接近女色呢？

過了大半天……

師父，您平日教我不要接近女色，為甚麼您卻背女施主過河？

我心無雜念幫助她，而且早已放下此事，難道你還沒放下？

師父……

經老和尚開導後，小和尚明白做事只要問心無愧，就無所畏懼。

……原來如此，感謝師父教導！徒兒明白了！

3 富貴不能淫，貧賤不能移，威武不能屈。

《孟子‧滕文公下》

 名言溯源

古文

景春曰：「公孫衍、張儀豈不誠大丈夫哉？一怒而諸侯懼，安居而天下熄。」

孟子曰：「是焉得為大丈夫乎？子未學禮乎？丈夫之冠也，父命之；女子之嫁也，母命之，往送之門，戒之曰：『往之女家，必敬必戒，無違夫子！』以順為正者，妾婦之道也。居天下之廣居，立天下之正位，行天下之大道。得志與民由之，不得

今譯

景春說：「公孫衍、張儀難道不是真正的大丈夫嗎？一發怒諸侯就會害怕，安靜下來天下的戰火就會熄滅。」

孟子說：「這怎能叫做大丈夫呢？你沒有學過禮嗎？男子行冠禮，由父親訓勉他；女子行婚禮，由母親訓勉她，母親送女兒到門口時，會告誡她說：『前往你的家後，必定要恭敬、警惕，不要違背丈夫的意思！』以順從丈夫為正確的原則，這就是婦女之道。（大丈夫）居住在天下最寬廣的居所（仁），站立在天下最正確的位置（禮），行走在天下最重要的大道（義）。受重用就與百姓共同實踐，不獲重用就獨自堅持個人

志獨行其道。富貴不能淫，貧賤不能移，威武不能屈。此之謂大丈夫。」

原則。**財富地位不能使他放縱，貧窮卑賤不能使他變節，威脅武力不能使他屈服。這就是所謂的大丈夫。」**

《孟子‧滕文公下》（節錄）

小百科

▷ 孟子（約公元前 372- 前 289 年）

孟子，名軻，字子輿，戰國時期的政治家和思想家，師承孔子之孫子思的門人。孟子繼承和發揚了孔子的學說，後人認為他在儒家的地位僅次於孔子，尊稱他為「亞聖」。跟孔子一樣，孟子曾周遊列國，游說各國諸侯施行仁政，然而成效未彰，於是退而著書講學，提出「性善」、「仁政」、「民本」等主張，見於《孟子》。

▷《孟子》

《孟子》是一部語錄體著作，由孟子及其後人編著，記載孟子對弟子的教誨，他與其他思想家的爭辯及游說諸侯等經過，內容包括人性本善的主張，以及行王道、施仁政、民為貴君為輕等治國理念。全書共七篇，每篇分上、下兩章，共有十四章，篇名均取自篇首數字，沒有特別含意。文章氣勢磅礡，用詞淺白尖銳，邏輯嚴謹，雄辯滔滔，善用比喻或寓言說明抽象的道理，著名的成語「揠苗助長」、「杯水車薪」等，均出自這部作品。

《孟子》成書之初不太受重視，漢代僅列為子書（諸子百家著作），而不是經書（儒家經典著作）。直至五代後蜀時期，《孟子》才列為經書，地位得到提升。及至宋代，朱熹把它與《禮記》的〈大學〉、〈中庸〉兩篇以及《論語》合稱為「四書」，後來「四書」列為明、清科舉的指定內容，《孟子》也成為中國士人必讀之書。

▷ 冠禮

冠禮是古代男子的成年禮，「冠」是帽子的總稱。冠禮早見於周代，通常是在男子年屆二十歲時由父親主持，並由有威望的賓客進行加冠儀式。加冠時，父親或賓客會勉勵受冠者，提醒他已進入成人階段，可以娶妻，從此要堅守孝順父母、友愛後輩、順從長輩、忠心為國的原則，這樣才合乎為「人」之道，而當這些道德修養達到完善，就可以治理百姓。古人稱冠禮為「禮之始」，可見它有很重要的文化意義。

名言共賞

戰國時期，各國諸侯互相攻伐，戰火連年。孟子眼見百姓因戰爭而生活困苦，甚至餓死在路上，便到列國游說諸侯實行仁政，欲拯救百姓於水深火熱之中，可惜他的主張一直不受重視。孟子批評當時受重用的說客都只是順從諸侯心意，趨炎附勢，罔顧社會秩序和百姓利益，他們雖然對天下局勢有很大影響，但行事卻毫無原則，像女子遵行婦道一樣不敢違逆丈夫的心意，連普通男子也比不上，根本稱不上「大丈夫」。

所謂「大丈夫」，就是有志氣、有原則、不盲目順從君主的男子漢。在《孟子・滕文公下》中，孟子強調大丈夫意志堅定，能做到「富貴不能淫，貧賤不能移，威武不能屈」。無論受到財富名利的誘惑、身處貧苦卑賤的逆境，還是被武力脅威，也不捨棄個人原則，只會按「仁」、「禮」、「義」的原則來行事。《孟子・告子上》：「惻隱之心，仁也；羞惡之心，義也；恭敬之心，禮也。」簡單而言，仁是對世間的苦難心存憐憫，義是對不公正的事感到羞愧、憎惡，禮就是遵守禮制、謙遜有禮地待人。君子能堅持這些原則，富貴時愛人自愛，心存憐憫，幫助他人；貧賤時安貧樂道，遵守禮制，不為名利而作奸犯科；受威脅時不向惡勢力低

頭，更甚者願意捨身取義。這種頂天立地的君子，才配得上「大丈夫」的美稱。

孟子認為大丈夫為世所用時，應以自身為榜樣，教化百姓，一同實踐「仁」、「禮」和「義」；若未獲君主重用，也應該堅持原則，好好修養個人品德。這與他在《孟子·盡心上》中提出「窮（失意）則獨善其身，達（得志）則兼善天下」的看法一致，即不論得志與否，也要堅守高尚的品德情操。縱觀孟子生平，即使他的主張不獲諸侯採用，他也沒有隨波逐流，曲附諸侯，仍然堅守正道，著書立說，確是以身作則，實踐大丈夫在進與退之間應有的作為。

孟子這種即使時不我與但仍堅持正道的處世態度，勉勵着千百年來的士人。要做到「富貴不能淫，貧賤不能移，威武不能屈」其中一樣已不容易，漢代忠臣蘇武就能全部做到。他奉命護送匈奴使節回國，完成使命後被匈奴單于（匈奴首領的稱號）扣留。單于曾把蘇武流放到荒蕪寒冷的北海牧羊，聲稱如果他能令公羊生出小羊就釋放他，藉此迫他歸順；又曾派蘇武故友、漢朝降臣李陵游說蘇武，但都遭他一口拒絕。十九年後，匈奴和漢朝關係轉好，蘇武終於獲釋。蘇武忠君愛國、視死如歸的精神，正是「大丈夫」的典範。

名言活學

　　大丈夫意志堅定，為了捍衛正道而願意承受痛苦。看看以下兩則故事，想想這種觀念有沒有值得留意或反思的地方。

恥食周粟

　　殷商時期，伯夷和叔齊本是孤竹國國君的兒子，父親死後，二人互相謙讓，不肯繼位，一同逃離孤竹國，投靠賢人西伯侯。後來西伯侯去世，他的兒子姬發繼位，並決定討伐暴君商紂，伯夷和叔齊認為這是弒君的不忠行為，極力阻止，但姬發心意已決，二人無能為力。不久，姬發滅商，建立周朝，是為周武王。伯夷和叔齊不恥姬發所為，便隱居原屬殷商的首陽山，發誓此生不吃周朝的食物，只吃山上的野菜，以示效忠商朝，最終他們都餓死於首陽山。

❂ 效忠暴君是「大丈夫」所為嗎？為甚麼？

株連十族的悲劇

　　明初，燕王朱棣起兵篡位，惠帝敗亡。大臣方孝孺拒絕投降，也不願為朱棣撰寫新皇登基的詔書。朱棣多番勸誘，卻遭方孝孺當面斥責，方更在詔書上寫上「燕賊篡位」幾個字，惹得朱棣揚言要誅他九族（父親、母親和妻子的同族人），方孝孺即義無反顧地表示即使被誅十族（第十族為朋友和學生）也不會屈服。最後，方孝孺被誅十族，受牽連者多達數千人。

❂ 為了堅守正道而禍及他人，你認為值得嗎？

4 病從口入，禍從口出。

傅玄《傅子·口銘》

名言溯源

古文

傅子曰：「擬〈金人銘〉作〈口銘〉云：『神以感通，心由口宣。福生有兆，禍來有端。情莫多妄，口莫多言。蟻孔潰河，溜穴傾山。病從口入，禍從口出。存亡之機，開闔之術。口與心謀，安危之源。樞機之發，榮辱存焉。』」

傅玄《傅子·口銘》

今譯

傅子說：「模擬〈金人銘〉創作的〈口銘〉謂：『神韻靠感覺來通曉，心思由嘴巴來表達。福氣到來會有徵兆，禍事來臨會有端倪。不要放縱情感做出不當的事，也不要放縱嘴巴多說話。螞蟻的洞穴能令河堤崩潰，流水可以使山峯傾倒。疾病源於飲食不慎，禍事則由失言造成。國家存亡的關鍵，在於拉攏游說之術，話語和心思的謀劃是國家安危的根本。話一說出口，榮辱便存在了。』」

小百科

➢ **傅玄**（約 217-278 年）

傅玄，字休奕，西晉時期的文學家和哲學家。為人忠心剛直，官至侍中、御史中丞等要位，政治主張是「以民為本」，提出

興修水利、肅清吏治等治國方法，並協助朝廷解決了天災帶來的民生問題，獲晉武帝讚許。哲學思想方面，歷代學者認為傅玄儒法並濟，又融合道、墨、縱橫家等要點，創立獨有的思想體系，對中國哲學發展有很大的貢獻。文學方面，他涉獵甚廣，曾撰史書《魏書》，有百多首詩歌傳世，其代表作有《傅子》，是集政論、道德論和史論於一身的文集。

▷ 銘

銘是指刻在鐘鼎、石碑、銅像等器物上的文詞，目的多是懷念先人、表揚功績、警戒自己或世人。古人用以自勸的碑文通常放於案頭右方，所以叫作「座右銘」(始見於東漢崔瑗的〈座右銘〉)，如唐代劉禹錫的名作〈陋室銘〉；用以追憶死者、敍述其生平的則稱為「墓誌銘」，如韓愈〈柳子厚墓誌銘〉。

名言共賞

不少長輩都喜歡用「病從口入，禍從口出」來訓誨後輩，提醒他們小心飲食、小心說話。這句話出自晉代傅玄所撰的《傅子‧口銘》，意思是不小心飲食會惹來疾病，不小心說話則會招來禍事。有趣的是，傅玄為人剛直嚴謹，對於看不過眼的事情總是不吐不快。他曾因宮中祭祀儀式的座位編排有誤而勃然大怒，厲聲斥責負責編排的謁官和尚書，最後遭受彈劾，問罪免官。如此看來，傅玄寫下〈口銘〉，不但為了警惕世人，還可能是藉此提醒自己，以免因言惹禍。

傅玄在〈口銘〉先以「心由口宣」表明嘴巴和思想的關係，顧名思義，〈口銘〉就是告誡人要管好嘴巴，帶出慎言的重要。作者提出「口莫多言」的觀點，以話語比喻蟻洞、流水——看似無傷大雅，實有擊潰山河、扭轉大局、影響國家的力量。「病從口入，

禍從口出」一句呼應「口莫多言」：為何人不可以多言？因為多言會惹禍！傅玄還把「慎言」與國家存亡連繫起來，他視言語為「存亡之機」和「安危之源」。病從口入，影響的是個人健康；禍從口出，則可能牽連他人，甚或引致國家衰亡，實在不可不慎。

文首提及的〈金人銘〉，相傳來自黃帝著的勸世銘文〈黃帝銘〉（已散佚），其中「古之慎言人也，戒之哉！無多言，多言多敗」成為孔子告誡世人慎言的名句。由此可見，〈口銘〉與〈金人銘〉不但體裁相同，在思想內容上亦有所承接，而「慎言」也是儒家重要的修身主張，《論語》提到「不幾乎一言而興邦」、「不幾乎一言而喪邦」（《論語·子路》），指出當權者的話語可以影響國家興衰，肯定了說話的影響力。孔子還提出「敏於事而慎於言」（《論語·學而》）、「先行其言而後從之」（《論語·為政》）、「君子恥其言而過其行」、「其言之不怍，則為之也難」（《論語·憲問》），進一步帶出說話和行為的關係，從君子「慎言」延伸至君子言出必行，不誇誇其談的品德。

除了儒家提倡慎言外，道家的老子也有「大辯若訥」的主張，意指有口才的人應裝作不善說話，不露鋒芒，同樣有勸人莫多言的意味；縱橫家鼻祖鬼谷子則云：「言多必有數短之處。」「短」解作失誤，全句與「禍從口出」的意思相差無幾。有謂言多必失，歷來禍從口出的故事比比皆是。多言者，輕則影響人際關係、仕途發展，重則招來橫禍、危害性命。以下出自《三國演義》的漫畫故事，主人翁是三國時期魏國的楊修，他機智聰明，惜不懂收斂，禍從口出，引起曹操猜忌，最終惹來殺身之禍。

名言活學

傅玄認為説話的影響力很大，故勸人謹慎説話，避免禍從口出。試看看以下的材料，想想這種看法有沒有值得留意或反思的地方。

犯顏直諫的一代忠臣——魏徵

魏徵是唐代以忠言直諫見稱的大臣，曾犯顏進諫二百多次。唐太宗十分信任魏徵，大都採納他的意見。有一次，太宗因寵愛長樂公主而打算賜她雙倍嫁妝，朝中大臣紛紛贊成，惟魏徵力排眾議，直指太宗逾越禮制，使太宗尷尬非常，但他的意見最終也獲採納。敢言的魏徵多次觸怒聖顏，太宗也曾怒言要殺掉他，但他總念及魏徵耿直的個性和有理的諫言而寬恕他。魏徵病逝時，太宗十分沉痛，罷朝舉哀五日，並説魏徵是他的鏡子，讓他「知得失」，肯定了魏徵一生忠言直諫的行為。

✪「直言不諱」與「口不擇言」有甚麼分別？

賊人當街行劫　路人沉默旁觀

【本訊報】美國一個小鎮發生了一宗行劫案，一名女子在大街上遭搶劫。案發時，受害人剛走出地鐵站就被強搶皮包，她高聲求援。在場眾多目擊者竟無一試圖阻止歹徒或協助受害人報警，只是冷眼旁觀，最後賊人逃脫，至今仍未落網。一名目擊者表示因怕惹怒賊人，所以保持沉默。附近的居民譴責目擊者助紂為虐，此舉恐令更多人受害，直言現在出入家門也會提心吊膽。

✪「沉默是金」的態度在甚麼情況下才適用？

修身處世

5 大勇若怯，大智如愚。

蘇軾〈賀歐陽少師致仕啟〉

名言溯源

古文

　　伏惟致政觀文少師，全德難名，巨材不器。事業三朝之望，文章百世之師。功存社稷，而人不知。躬履艱難，而節乃見。縱使耄期篤老，猶當就見質疑。而乃力辭於未及之年，退托以不能而止。大勇若怯，大智如愚。至貴無軒冕而榮，至仁不導引而壽。較其所得，孰與昔多。軾受知最深，聞道有自。雖外為天下惜老成之去，而私喜明哲得保身之全。伏暑向闌，臺候何

今譯

　　想到辭去觀文殿學士、太子少師的您，有圓滿德行卻沒有成名，有巨大才學又不受器重。您的事業值得受到三朝官員的讚許，您的文章更是流芳百世的典範。功績紀錄都留在國家之中，只是人們不知道。您親身履行那些艱難的事，節操就顯現了。即使您年歲已高，仍然像當年一樣遇到問題就質疑。可惜您未屆退休年齡就決心辭官，以沒有能力作為託詞提出退休。非常勇敢的人看起來怯懦，非常有智慧的人看起來愚昧無知。品德最高尚的人不需要官位也能擁有榮耀，最有仁德的人不需要養生也能長壽。您辭官而去，所得的與往日相比，誰多誰少？我感受最深，自然是知道的。雖然天下人都歎息老成持重的您離去，我卻私下為您得以明哲保身而歡喜。盛夏將盡，您過得好嗎？希望

25

似。伏冀為時自重，少慰輿情。

您自己保重，這樣我就能感到稍稍安慰。

　　蘇軾〈賀歐陽少師
　　　致仕啟〉（節錄）

小百科

▷ **蘇軾**（1037-1101 年）

　　蘇軾，字子瞻，又字和仲，號東坡，四川眉山人。蘇軾自小聰敏好學，詩、詞、賦、散文、書法、繪畫無一不精，二十一歲考取進士，早年曾任翰林學士兼侍讀、龍圖閣學士、兵部尚書等，中年因「烏台詩案」而入獄，後被多次貶謫黃州、汝州等地，雖然仕途不順，但蘇軾生性淡泊，能以曠達的胸懷面對人生。他是「唐宋八大家」之一，文學成就極高，他的散文與歐陽修並稱歐蘇；詩與黃庭堅並稱蘇黃，又與陸遊並稱蘇陸；詞與辛棄疾並稱蘇辛，是中國文學發展歷史上不可缺少的一員。

▷ **〈賀歐陽少師致仕啟〉**

　　文題中「歐陽少師」就是歐陽修，也是唐宋八大家之一。他是蘇軾的前輩，文章和品德一直受蘇軾推崇，他也十分欣賞蘇軾的才華，一直致力提攜他。有人曾對歐陽修說，蘇軾才學極高，若歐陽修提拔他，恐怕往後蘇軾的名氣會遠高於他。歐陽修對此只是一笑置之，而他所扶持的後起之秀，包括蘇軾、曾鞏、蘇轍，後來都列為唐宋八大家，開創北宋文壇繁榮發展的局面。

　　熙寧二年，歐陽修不滿王安石的變法，因此不理宋神宗的挽留，堅決借病辭官，於熙寧四年歸隱潁州。蘇軾寫下〈賀歐陽少師致仕啟〉這封信恭賀歐陽修返璞歸真，同時讚揚他這個決定，認為這是保存名聲和氣節的行為。

名言共賞

　　勇敢與怯懦，聰慧與愚蠢，這些相對的觀念，我們一般不會用來形容同一個人或同一件事，但在〈賀歐陽少師致仕啟〉中，蘇軾卻說歐陽修「大勇若怯，大智如愚」，難道大文豪也會自相矛盾嗎？其實蘇軾所說的是一種處世的修為和境界，他認為有大智慧的人不刻意賣弄聰明，看起來愚笨；有勇氣人不刻意彰顯他的勇氣，看起來怯懦，藉此讚賞歐陽修在辭官這看似愚蠢怯懦的行為上所表現的智慧和勇氣。

　　北宋熙寧年間，王安石推行變法，屬保守派的歐陽修大力反對，堅決不肯執行。由於他德高望重，宋神宗沒有加以譴責，但他卻以病為由，在熙寧四年告老還鄉。在時人眼中，歐陽修滿腹才學，受君主賞識但卻選擇告老還鄉，是為不智；未屆退休之年以病為由而辭官，是為怯懦。不過，與歐陽修惺惺相惜的蘇軾就認為退隱的決定彰顯了歐陽修的智慧和勇敢，是一般人做不到的。

　　當時朝廷力主變法，歐陽修與君主不同道，他既不想為保名位而苟且行事，也不願為了反對變法而損害君臣之間的情義。適時退隱，既保氣節，也存忠義，實屬明智。世人不明白歐陽修辭官的用意，嘲笑他怯懦，他沒有理會俗世目光，堅持決定，也沒有泄露辭官的真正原因，保持謙厚，做到「躬履艱難，而節乃見」，實屬勇敢。蘇軾寫下「大勇若怯，大智如愚」這番讚譽，可見他對歐陽修有相當透徹的了解。

　　「大勇若怯，大智如愚」充分體現了道家的哲學觀。《道德經》曰：「大直若屈，大巧若拙，大辯若訥。」正直的人，往往貌似委曲附和；靈巧的人，往往貌似笨拙；有口才的人，往往看似木訥，不善言辭。有大智慧的人都會摒棄名利欲念、是非成見，不作炫耀，因此他們的表現看起來往往與本質截然不同，甚至相反。蘇軾把老子的名句轉化為「大勇若怯，大智如愚」，就是稱讚

歐陽修大勇大智、不刻意炫耀的睿智表現和高尚修為。

名言活學

蘇軾認為歐陽修能收斂鋒芒，值得推崇。假如我們要做到「大勇若怯，大智如愚」，有甚麼地方值得留意？

明哲保身的曾國藩

曾國藩是晚清名臣，深得君主重用，以「明哲保身」見稱。他在鎮壓太平天國時立下顯赫戰功，手上兵力足以控制清廷半壁江山，但他深明自己的軍權過大，會引起清廷猜疑，所以他在報捷的時候，把其他官員的名字列在自己之前，以示別人的功績不比自己的少。此外，他還下令裁減軍力，逐漸消除清政府對他囤兵自重的猜疑。他曾寫信勸手握重權的弟弟曾國荃「功成身退，愈急愈好」、「不居大位享大名，或可免於大禍大謗」，強烈透露了「辭榮避位」的想法。

✪ 懂得收斂鋒芒有甚麼好處？

美 文 欣 賞

【導讀】小販沿街叫賣是昔日都市人習以為常的場面，大街小巷裏，叫賣聲從早到晚此起彼落。〈幽默的叫賣聲〉通過這些常見的畫面和聲音，以小題材寫大道理，藉此諷刺不正常的社會現象。縱然這些叫賣場面今天已不復存在，但作者的觀察和反思並不過時。文章提到生活中所遇到的人和事，多是「説真方，賣假藥」、「掛羊頭，賣狗肉」，作者先提到賣臭豆腐乾的雖大聲吆喝，卻童叟無欺，言行一致，「臭」豆腐乾名副其實是臭的；後提到賣報者以「只花兩個銅板就可以看到國家大事」作招徠，這與賣臭豆腐乾的人看似風馬牛不相及，但作者通過兩者的行為，聯想到賣報者若與賣臭豆腐乾的同樣言行一致，那末重要的「國家大事」其實也沒有甚麼價值，從而引人思考所謂「重要」的意義和價值。全文語言詼諧生動，令人捧腹之餘，文末「君子」與「隱士」的比喻更是畫龍點睛，使文章意味深遠。

幽默的叫賣聲

夏丏尊

　　住在都市裏，從早到晚，從晚到早，不知要聽到多少種類多少次數的叫賣聲。深巷的賣花聲是曾經入過詩的，當然富於詩趣，可惜我們現在實際上已不大聽到。寒夜的「茶葉蛋」、「細砂粽子」、「蓮心粥」等等，聲音發沙，十之七八似乎是「老槍」的喉嚨，因在牀上聽去，頗有些凄清。每種叫賣聲，差不多都有着特殊的情調。

　　我在這許多叫賣者中發現了兩種幽默家。

　　一種是賣臭豆腐乾的。每日下午五六點鐘，弄堂口常有臭豆腐乾擔歇着或是走着叫賣，擔子的一頭是油鍋，油鍋裏現炸着臭豆腐乾，氣味臭得難聞。賣的人大叫：「臭豆腐乾！臭豆腐乾！」態度自若。

我以為這很有意思。「說真方，賣假藥」，「掛羊頭，賣狗肉」，是世間一般的毛病，以香相號召的東西，實際往往是臭的。賣臭豆腐乾的居然不欺騙大眾，自叫「臭豆腐乾」，把「臭」作為口號標語，實際的貨色真是臭的。如此言行一致，名副其實，不欺騙別人的事情，恐怕世間再也找不出了吧，我想。

「臭豆腐乾！」這呼聲在欺詐橫行的現世，儼然是一種憤世嫉俗的激越的諷刺！

還有一種是五雲日升樓賣報者的叫賣聲。那裏的賣報的和別處不同，沒有十多歲的孩子，都是些三四十歲的老槍癮三，身子瘦得像臘鴨，深深的亂頭髮，青屑屑的煙臉，看去活像是個鬼。早晨是不看見他們的，他們賣的總是夜報。傍晚坐電車打那兒經過，就會聽到一片的發沙的賣報聲。

他們所賣的似乎都是兩個銅板的東西（如《新夜報》、《時報》、《號外》之類），叫賣的方法很特別，他們不叫「剛剛出版×× 報」，卻把價目和重要新聞標題聯在一起，叫起來的時候，老是用「兩個銅板」打頭，下面接着「要看到」三個字，再下去是當日的重要的國家大事的題目，再下去是一個「哪」字。「兩個銅板要看到十九路軍反抗中央哪！」在福建事變起來的時候，他們就這樣叫。「兩個銅板要看到剿匪勝利哪！」在剿匪消息勝利的時候，他們就這樣叫。「兩個銅板要看到日本副領事在南京失蹤哪！」藏本事件開始的時候，他們就這樣叫。

在他們的叫聲裏任何國家大事都只要花兩個銅板就可以看到，似乎任何國家大事都只值兩個銅板的樣子。我每次聽到，總深深地感到冷酷的滑稽情味。

「臭豆腐乾！」「兩個銅板要看到 ×××× 哪！」這兩種叫賣者頗有幽默家的風格。前者似乎富於熱情，像個矯世的君子，後者似乎鄙夷一切，像個玩世的隱士。

【導讀】談到如何應對「窮」，不少人會以「君子固窮」來勉人自勵，認為君子即使身處貧窮之中，仍能堅守氣節。梁實秋對於窮這個話題，就採用平實樸直的敍述，帶出窮的定義、遭遇、心態，談到看待窮的方法，就從認識窮、了解窮，繼而融入自己對生命的體悟，窺探窮的好處。〈窮〉的文字慧點、具玩味，加上揮灑自如的論述，引人共鳴、咀嚼。作者客觀、正面地議論「窮」，他明白到，大多數人自出生起都是「和窮掙扎一生」，因此對於窮，不需自卑，也不值得誇耀。全文旨在表達作者對人性的觀察與人生的感觸，沒有刻意宣揚和美化君子應該安貧樂道的價值觀，卻處處體現了儒家順適通達的人生智慧，帶出在窘迫的環境中隨遇而安的人生觀。

窮

梁實秋

　　人生下來就是窮的，除了帶來一口奶之外，赤條條的，一無所有，誰手裏也沒有握着兩個錢。在稍稍長大一點，階級漸漸顯露，有的是金枝玉葉，有的是「雜和麵口袋」。但是就大體而論，還是泥巴裏打滾袖口上抹鼻涕的居多。兒童玩具本是少得可憐，而大概其中總還免不了一具「撲滿」，瓦做的，像是陶器時代的出品，大的小的掛綠釉的都有，間或也有形如保險箱，有鐵製的，這種玩具的用意就是警告孩子們，有錢要積蓄起來，免得在饑荒的時候受窮，窮的陰影在這時候就已罩住了我們！好容易過年賺來幾塊壓歲錢，都被騙弄丟在裏面了，丟進去就後悔，想從縫裏倒出來是萬難，用小刀撥也是枉然。積蓄是稍微有一點，窮還是窮。而且事實證明，凡是積在撲滿裏的錢，除了自己早早下手摔破的以外，大概後來就不知怎樣就沒有了，很少能在日後發

生甚麼救苦救難的功效。等到再稍稍長大一點，用錢的欲望更大，看見甚麼都要流涎，手裏偏偏是空空如也，那時候真想來一個十月革命。就是富家子也是一樣，儘管是綺襦紈袴，他還是恨繼承開始太晚。這時候他最感覺窮，雖然他還沒認識窮。人在成年之後，開始面對着糊口問題，不但糊自己的口，還要糊附屬人員的口，如果臉皮欠厚心地欠薄。再加上祖上是「忠厚傳家詩書繼世」的話，他這一生就休想能離開窮的掌握，人的一生，就是和窮掙扎的歷史。和窮掙扎一生，無論勝利或失敗，都是慘。能不和窮掙扎，或於掙扎之餘還有點閒工夫做些別的事，那人是有福了。

所謂窮，也是比較而言。有人天天喊窮，不是今天透支，就是明天舉債，數目大得都驚人，然後指着身上衣服的一塊補綻或是皮鞋上的一條小小裂縫做為他窮的鐵證。這是寓闊於窮，文章中的反襯法。也有人量入為出，溫飽無虞，可是又擔心他的孩子將來自費留學的經費沒有着落，於是於自我麻醉中陷入於窮的心理狀態。若是西裝褲的後方愈磨愈薄，由薄而破，由破而織，由織而補上一大塊布，細針密縫，老遠的看上去像是一個圓圓的箭靶，（說也奇怪，人窮是先從褲子破起！）那麼，這個人可是真有些近於窮了。但是也不然，窮無止境。「大雪紛紛落，我往柴火垛，看你們窮人怎麼過！」窮人眼裏還有更窮的人。

窮也有好處。在優裕環境裏生活着的人，外加的裝飾與鋪排太多，可以把他的本來面目掩沒無遺，不但別人認不清他真的面目，往往對他發生誤會（多半往好的方面誤會）就是自己也容易忘記自己是誰。窮人則不然，他的襤褸的衣裳等於是開着許多窗戶，可以令人窺見他的內容，他的蓽門蓬戶，儘管是窮氣冒三尺，卻容易令人發見裏面有一個人。人愈窮，愈靠他本身的成色，其中毫無夾帶藏掖。人窮還可落個清閒，既少「車馬駐江干」，更不會有人來求謀事，訂聞

請箋都不會常常上門，他的時間是他自己的。窮人的心是赤裸的，和別的窮人之間沒有隔閡，所以窮人才最慷慨。金錯囊中所餘無幾，買房置地都不夠，反正是吃不飽餓不死，落得來個爽快，求片刻的快意。此之謂「窮大手」。我們看見過富家弟兄析產的時候把一張八仙桌子劈開成兩半，不曾看見兩個窮人搶食半盂殘羹剩飯。

窮時受人白眼是件常事，狗不也是專愛對着鶉衣百結的人汪汪嗎？人窮則頸易縮，肩易聳，頭易垂，鬚髮許是特別長得快，擦着牆邊逡巡而過，不是賊也像是賊。以這種姿態出現，到處受窘。所以人窮則往往自然的有一種抵抗力 ❹ 出現，是名曰：酸。窮一經酸化，便不復是怕見人的東西。別看我衣履不整，我本來不以衣履見長！人和衣服架子本來是應該有分別的。別看我囊中羞澀，我有所不取；別看我落魄無聊，我有所不為，這樣一想，一股浩然之氣火辣辣的從丹田升起，腰板自然挺直，胸膛自然凸出，裴褒嘯傲，無往不宜。在別人的眼裏，他是一塊茅廁磚——臭而且硬，可是，人窮而不志短者以此，布衣之士而可以傲王侯者亦以此，所以窮酸亦不可厚非，他不得不如此。窮若沒有酸支持着，它不能持久。

揚雄有逐貧之賦，韓愈有送窮之文，理直氣壯的要與貧窮絕緣，反倒被窮鬼說服，改容謝過肅之上座，這也是酸極一種變化。貧而能逐，窮而能送，何樂而不為？逐也逐不掉，送也送不走，只好硬着頭皮甘與窮鬼為伍。窮不是罪過，但也究竟不是美德，值不得誇耀，更不足以傲人。典型的窮人該是顏回，一簞食，一瓢飲，在陋巷，不改其樂。不改其樂當然是很好，簞食瓢飲究竟不大好，營養不足，所以顏回活到三十二歲短命死矣。孔子所說「飯疏食飲水，曲肱而枕之，樂亦在其中矣。」譬喻則可，當真如此就嫌其不大衛生。

【導讀】古人喜以竹喻君子，歌頌兩者同樣挺拔有節，遇風不折，遇雨不濁。〈文竹〉先抑後揚，開篇以「文弱」、「幼莖纖枝」、「只宜細心呵護的女性栽種」等形容文竹柔弱得看似不堪一擊，甚至「有辱竹名」；後來筆鋒一轉，指出在培植過程中，他發現文竹在柔弱的外表背後，竟藏着頑強的生命力，文末「誰知嫩綠卻自枯葉間鑽出」一句更揭示了全文主旨——文竹潛藏着剛毅強勁的求生意志，卻從不外露，有君子大剛若柔的風範。

文　竹

王良和

　　時常以為案上那一盆文竹，很快就會死去。一年來，這纖瘦的植物，彷彿掙扎於生死的邊緣，時青時褐，像文弱的君子恆對清癯的書生，病容悽楚對我的神色錯愕。

　　燈下讀書，猛一抬頭，青青竹影便飛入了眼裏，再一抬頭，眸內的青影彷彿枯敗如蒼顏。那真是變種的竹，退出了歲寒三友的陣營，從耐霜耐雪的堅強，到畏風畏雨的柔弱；從戶外的糾集繁生，到室內的排他獨長，那鐵線一樣的幼莖纖枝，真的，只宜長在小小的盆內，佔據兩吋見方的空間？至於形象，那在微風裏搖搖欲折的自悲自歎，雖然贏得栽竹者的相憐相惜，但多少有辱竹名了。

　　大概文竹只宜細心呵護的女性栽種吧，一旦落入粗心大意的人手裏，就要吃苦頭了。那是不宜經常曬太陽和澆水的植物。當陽光悄步躡近，我就把它放到書架上，讓青青竹色爬入唐詩宋詞的意境中。不過澆水卻沒有定時，有兩日一澆，也有十多日滴水不沾的。我原是個不懂栽種植物的人，何況是嬌生慣養的文竹？買回來不久，竹葉開始黃了，自葉尖徐徐蔓延，瞬間已蒼顏衰鬢頹然乎其間，淒涼待斃。

偶然我剪掉枯葉，落在盆裏聊作春泥護花。每次以為最後一點墨綠即將消失了，誰知嫩綠卻自枯葉間鑽出。一年下來，不死反而長高。我才驚覺有些植物，表面柔弱實則剛強，潛藏着無窮的生命力和求生意志。是的，不斷枯萎與更生，生命會變得更豐盛，一室春意在青綠裏流轉。 ⑥

思考點

⭐1 作者以賣臭豆腐乾的人諷刺甚麼社會現象？

⭐2 為甚麼作者說賣報者像「玩世的隱士」？

⭐3 「窮」有甚麼好處？試簡單歸納並說明。

⭐4 作者說人窮則往往自然的出現「酸」，「酸」指的是甚麼？作者認為「酸化」對人又有何重要？

⭐5 作者指文竹「有辱竹名」，從甚麼地方可見？

⭐6 〈幽默的叫賣聲〉和〈文竹〉分別以「君子」來比喻賣臭豆腐乾的人和文竹，但前者言行一致，後者表裏不一。這兩種表現都符合君子的特質嗎？兩者有沒有矛盾？

參考答案見 213 頁

志向抱負

6 士可殺不可辱

《禮記・儒行》

名言溯源

古文

儒有可親而不可劫也;可近而不可迫也;可殺而不可辱也。其居處不淫,其飲食不溽;其過失可微辨而不可面數也。其剛毅有如此者。

《禮記・儒行》(節錄)

今譯

儒者可以親近而不可以威脅;可以接近而不可以逼迫;可以殺害而不可以侮辱。他們的居所不會窮奢極侈,他們的飲食也不會豐厚味濃;對於他們的過失,可以輕輕地、委婉地勸説,而不可以當面苛責。他們的剛強堅毅就是這樣的。

小百科

▷《禮記》

《禮記》是儒家經典著作,與《詩經》、《尚書》、《周易》和《春秋》並列「五經」。《禮記》收錄了戰國至漢初時,孔門傳人和儒家學者的文章,闡述了先秦時期的典章制度、儒家思想,文章氣勢磅礴、結構嚴謹、言簡意賅,記載大量著名格言,也有生動短小、精闢深刻的説理故事,富有文學價值。《禮記》最初由西漢劉向編集,其後戴德和戴聖分別將《禮記》簡化成八十五篇和四十九篇,是為《大戴禮記》和《小戴禮記》,後世多重視《小戴禮記》,

以致《大戴禮記》日漸散佚，至今僅存三十八篇。《小戴禮記》通行後，「禮記」便專門指《小戴禮記》。至宋代，朱熹把《禮記》中〈大學〉和〈中庸〉兩篇與另外兩部儒家經典《論語》和《孟子》合稱四書，成為後世科舉考試的指定範圍，對士人影響深遠。

▷ 《禮記‧儒行》

〈儒行〉是《禮記》第四十一篇文章，闡述了儒者在容貌、性情、交友等方面應有的風範和操守，因而得名。本篇記錄了魯哀公與孔子的問答，主要以「儒有……」的句式直接說明儒者應有的行為表現，例如「交友之道」，孔子說：「儒有合志同方，營道同術；並立則樂，相下不厭；久不相見，聞流言不信；其行本方立義，同而進，不同而退。」一連道出志趣相投、不嫉妒、不妄信流言蜚語、道不同不相為謀這四個儒者交友的準則。

名言共賞

面對屈辱時，不少人都會高喊「士可殺不可辱」。這句影響國人深遠的名言出自儒家經典《禮記‧儒行》：「儒有可親而不可劫也，可近而不可迫也；可殺而不可辱也。」古代人民主要分為士、農、工、商四類，即讀書人、農民、工匠和商人，其中「士」也可稱為「儒」。孔子認為儒者應該剛毅堅強，「可殺而不可辱」演變下來，就成了「士可殺不可辱」這句名言。

「剛毅」是古人對儒者的期許，《論語‧泰伯》清晰地說明儒者的責任：「士不可以不弘毅，任重而道遠。」儒者肩負宣揚仁義的使命，要長期奮鬥，因此必須具有寬宏大量、剛強堅毅的心胸和意志。剛毅的儒者待人處事時勇敢果斷，不做不合乎仁義的事，待人和藹可親，受到侮辱時，寧死也要保存氣節。儒者把心思都放在守護仁義上，不會費神追求華美居所、錦衣美食等身外物。

儒者寧死不屈，並非只為個人面子和尊嚴，更是為了「仁義」而行。當他們遭受強權威逼，要在生命和仁義之間取捨時，往往毫不猶豫地犧牲性命而成全仁義，同時保全氣節和尊嚴。同樣道理，儒者面對批評時不卑不亢，只接受委婉、合乎仁義的勸説，拒絕盛勢凌人的苛責，這不表示儒者「吃軟不吃硬」，而是凌厲的苛責多帶侮辱，儒者為了守護仁義和尊嚴，才拒絕這樣的批評。孔子提出「可殺不可辱」的剛毅精神與其「志士仁人，無求生以害仁，有殺身以成仁」（《論語・衛靈公》）的主張如出一轍，在成就仁義與保全性命之間，儒者往往毫不猶疑地選擇前者，可見仁義的重要。

古今中外，不少殺身成仁的剛毅之士都得到後世稱頌，古希臘哲學家蘇格拉底就是其中一位。蘇格拉底晚年被誣告而遭判處死刑，他的學生和朋友設法助他逃獄，但他認為審判合乎法理和程序，不願為了一己之私而破壞法律，因此拒絕逃獄，豁然面對死亡，表現出「士可殺不可辱」的高尚情操。

名言活學

　　儒者面對仁義與性命的抉擇時，多會捨生取義。這種為了仁義而犧牲性命的做法，有值得反思的地方嗎？

日本武士道

　　武士道源於古代日本，它要求武士培養高尚的品格，如「義」、「勇」、「仁」、「禮」等，並履行這些美德，做到忠於君主，保護百姓。武士必須嚴格遵守原則，以保持名聲和榮譽。武士道精神強調以生命來守護忠義和個人名譽，當國家敗亡或任務失敗的時候，武士就會自裁，以表忠誠剛毅。

❂ 剛毅精神於個人、國家有甚麼影響？

歷史學家司馬遷

　　司馬遷是西漢武帝的史官，他曾為投降外族的李陵抗辯，請求武帝不要誅滅李家，因而觸怒武帝，被判死刑。當時的死囚可以金錢或宮刑（閹割）代替死刑，司馬遷因為不夠錢而選擇行宮刑，在屈辱中生存下來。出獄後，司馬遷發憤撰寫史書，創立了全新的史書體例，留下名垂千古的《史記》，影響了後世撰寫正史的方法，魯迅更稱《史記》為「史家之絕唱，無韻之〈離騷〉」。

❂ 忍辱偷生是否毫無意義？

志向抱負

7 知其不可而為之

《論語・憲問》

名言溯源

古文

　　子路宿於石門。晨門曰：「奚自？」子路曰：「自孔氏。」曰：「是知其不可而為之者與？」

《論語・憲問》(節錄)

今譯

　　子路夜裏在石門度宿。看管城門的人問：「你自哪裏來的？」子路説：「從孔子那裏來的。」看門的人説：「是那個明知做不到卻還要去做的人嗎？」

小百科

▷ 子路 (公元前 542 年 - 前 480 年)

　　子路，本名仲由，是侍奉孔子最久的學生，也是「孔門十哲」之一，與孔子關係密切，二人亦師亦友。「孔門十哲」是指孔子門下十名得意弟子，他們分別專擅德行、言語、政事、文學四科，子路是政事科的高材生，善於治理軍事。子路為人正直，是孔子的諍友。有一次師徒途經衞國，孔子應衞靈公夫人南子邀請赴約。由於南子曾與宋國公子私通，子路認為孔子與南子見面會敗壞名聲，十分不悅，並要求孔子發誓二人沒有苟且之事。後來子路在一場護主的戰鬥中陣亡，死後受醢刑 (剁成肉醬)，孔子知道後十分傷心，從此不再吃肉醬。

▷ 《論語・憲問》

　　《論語・憲問》是《論語》第十四篇，全篇共有四十四章，內容大致可分為三類：一談成為君子的條件，二論治理國家，三為隱者對孔子的看法。名言「知其不可而為之」就是出自〈憲問〉第三十八章「晨門」對孔子的評價，篇中的名句還有「貧而無怨難，富而無驕易」、「不在其位，不謀其政」、「以直報怨，以德報德」等。

▷ 晨門

　　「晨門」即在城門當值的衛兵，負責掌管城門開關。在《論語》中，「晨門」還有特別的身份——隱者。所謂隱者，是指在社會混亂、政治黑暗時，既不欲爭名逐利、同流合污，又不願與之對抗而隱居避世的人。他們的社會地位不高，識見卻是遠超常人，例如上文提到的「晨門」只是一名守門人，卻能一針見血地道出孔子的性情特點。《論語》中有不少隱者，「晨門」以外，還有「荷蕢者」（背扛草筐的人）、「荷蓧丈人」（用枴杖扛着除草器具的老人）、楚國狂人「接輿」等。

名言共賞

　　孔子是春秋時期著名的學者和思想家，他提出的儒家學說影響着中國幾千年的文化，可惜他的主張並沒有獲當時的君主採用，不過孔子沒有放棄，終其一生努力不懈地宣揚其學說。「知其不可而為之」可以說是他一生的寫照，這句話出自《論語・憲問》，指在知道不能成功的情況下也全力以赴，**絕不放棄。**當中「不可」指難以做到的事，「為之」指無論如何也堅持做下去。

　　孔子志向宏大，不但出仕輔助諸侯，更興辦私人講學，廣招學生，希望藉一己之說改變當時諸侯國互相兼併、禮樂崩壞的現

象，以恢復周禮。他一生顛沛流離，出仕時被朝中權臣排斥加害，周遊列國游説君主時又波折重重，不但得不到重用，還多番遇上危難。前往楚國時，他和學生被困於陳、蔡兩國之間，絕糧七天，險些死掉，但他仍不改志向，退居講學，專注教育和整理古籍，以另一種形式傳揚學説，培養了眾多傑出的儒者，留下大量優秀的儒家典籍，正是「知其不可而為之」的典範。

孔子在不獲重用的情況下，仍然堅持宣揚理念，**顯示了儒者積極入世的態度**。身在亂世，不少有能力輔助君主的知識分子在重重危難之下都寧願放棄理想，明哲保身，就像隱者晨門縱有卓越見識，卻選擇當個平凡的城門衛兵，冷眼看世事。孔子遇到困難時，也曾灰心失意，《史記‧孔子世家》記載孔子受困於陳、蔡之間時曾慨歎：「吾道非邪？吾何為於此？」但他沒有放棄，堅持宣揚儒家學説，表現出驚人的意志和毅力，這就是孔子與一般知識分子的分別。

要做到「知其不可而為之」，往往耗費精力卻不見成效，看起來沒甚麼價值，但倘若沒有這樣的堅持，歷史上很多重要的改變都不會發生，以下出自《左傳‧襄公二十五年》的故事便是好例子：齊國太史公是負責記錄歷史的官員，他因為秉筆直書權臣崔杼弒君而遭殺害，繼任太史公的三個弟弟都仿效哥哥的做法，即使面對迫害也毫不畏懼，最終令崔杼放棄篡改歷史。

名言活學

「知其不可而為之」鼓勵人永不放棄，堅持理想。試閱讀以下報道，思考名言的道理在現今社會是否仍然適用。

漫畫大師無私授藝　回憶當年起步艱難

【本報訊】台灣有不少青少年喜歡看漫畫，也有不少人有志投身漫畫界。著名漫畫家洪先生分享自己在漫畫界奮鬥的經驗。他說昔日漫畫市場遠不及現在蓬勃，當年他的月薪只有一萬五千元台幣（約港幣四千元），僅能糊口，幸得家人支持和鼓勵，他才能堅持下去。洪先生成名後，有感自己當年初出茅蘆，四處碰壁，於是開辦工作室，讓有志成為漫畫家的青少年一邊工作一邊學習。其中一名學徒表示，雖然現時薪金微薄，還要每天熬夜練習，但是為了早日達到職業漫畫家的水準，一切辛勞也是值得的。

✪ 面對逆境時，除了堅持信念，還要怎樣做才能增加成功的機會？

放棄設計事業　轉型移民專家

【本報訊】韓國人張先生是美國一間移民公司的老闆，誰也沒想到他在大學時修讀的是室內設計。張先生畢業後一直在韓國任職室內設計師，移民美國後打算重操故業，卻因語言隔閡和文化差異，無法闖出新天地，於是他毅然放棄本業，重新開始。他曾學習按摩，在朋友介紹下到醫院替病人按摩，後來因表現優良而晉升為事務長。兩年後，他因緣際會到律師事務所當經理，建立了良好的人際關係和口碑後，便離開事務所，開設移民公司，成為當地的移民專家。

✪ 遇上困難時，應繼續堅持，還是另謀出路？

8　倉廩實，則知禮節；衣食足，則知榮辱。

《管子・牧民》

名言溯源

古文

　　凡有地牧民者，務在四時，守在倉廩。國多財，則遠者來；地辟舉，則民留處；倉廩實，則知禮節；衣食足，則知榮辱；上服度，則六親固；四維張，則君令行。故省刑之要，在禁文巧；守國之度，在飾四維；順民之經，在明鬼神，祇山川，敬宗廟，恭祖舊。不務天時，則財不生；不務地利，則倉廩不盈；野蕪曠，則民乃菅；上無

今譯

　　凡是擁有土地、治理人民的君主，必須致力於四時農事，確保糧食儲備。國家財力充足，遠方的人就會自動遷來；荒地開發得好，本國的人民就會安心地居留。**糧倉充實，百姓就知道禮節；衣食豐足，百姓就懂得榮辱。**君主遵行禮節法度，六親的關係就會鞏固；四維得以發揚，君令就可以貫徹推行。因此減少刑罰的關鍵，在於禁止奢侈品；鞏固國家的法度，在於整飭四維；訓導人民的根本辦法則在於：尊敬鬼神、祭祀山川、敬重祖宗和宗親故舊。不注意天時，財富就不能增長；不注意地利，糧食就不會充足。田野荒蕪廢棄，人民也將因此而惰怠；君主揮霍無度，則人民胡作妄為；不注意禁止奢侈，則人

志向抱負

量，則民乃妄。文巧不禁，則民乃淫；不璋兩原，則刑乃繁。不明鬼神，則陋民不悟；不祇山川，則威令不聞；不敬宗廟，則民乃上校；不恭祖舊，則孝悌不備；四維不張，國乃滅亡。

　　右國頌。

《管子·牧民》(節錄)

民放縱淫蕩；不堵塞這兩個根源，罪案就會大量增多。不尊敬鬼神，小民就不能感悟；不祭山川，威令就不能遠播；不敬祖宗，老百姓就會犯上；不尊重宗親故舊，孝悌就不會完備。四維不發揚，國家就會滅亡。

　　以上是「國頌」。

小百科

▷ 管子 (生年不詳，卒於 645 年)

　　管子，姓管名夷吾，字仲，春秋潁上 (今安徽省潁上縣) 人，後人譽他為「法家先驅」，尊稱他做管子。管子少時微賤，因鮑叔牙的推薦，任齊桓公的宰相，受命於危難之際，對內實行「富國強兵」，對外主張「尊王攘夷」，使齊國成為春秋首霸，維持天下安定的局面，是一位通權達變和深明實務的傑出政治家。

▷ 《管子 • 牧民》

　　《管子》是先秦治國經典，記述了春秋時期齊國著名的宰相管仲及其學派的言行事迹，同時彙編了春秋戰國時期法、儒、道、陰陽、名、兵、農等各家觀點，是管子學派融會先秦各家理論的總匯。書中論述富國強兵、齊民修政的法則，為政治家所推崇。《管子》由西漢劉向校定為八十六篇，現存七十五篇，其餘十一篇有目無詞。〈牧民〉是全書的第一篇文章，有「國頌」、「四維」、

「四順」、「士經」和「六親五法」五節。「牧民」的意思是治理人民和國家，這篇主要記述管子立國治民的理論，說明了統治者應該首重農務，把握農時，做到「倉廩實」和「衣食足」，並發揚禮、義、廉、恥這「四維」，以鞏固國家根基；其次要執政順民，想百姓所想，為他們謀求福利，並任用賢能，使政令順利施行。

▷ 四維

四維是《管子》重要的治國主張，詳見〈牧民〉中「四維」一節。四維原指東南、東北、西南、西北四角，管子所指的則是「禮、義、廉、恥」四項道德標準。「禮」是安守本分，不僭越階級；「義」是以法進仕，不妄自為官；「廉」是明察善惡，不掩蓋過錯；「恥」是知道羞恥，不為非作歹。管子認為人民若能遵守這些道德標準，國家才可鞏固安穩，若缺乏禮義廉恥的制約，國家早晚滅亡。

名言共賞

古往今來，人民衣食豐足都是國家強大的基本條件。人民生活無憂，道德教育、文化藝術才能得以推廣。先秦政治家管子也曾提出「倉廩實，則知禮節；衣食足，則知榮辱」的治國原則，意思是人民不用為生存衣食而擔憂時，才會遵守禮節，重視榮譽和恥辱。

管子這句名言見於《管子‧牧民‧國頌》，分別從經濟和道德的角度指出道德對國家和人民固然重要，但國家必須富足（倉廩實、衣食足），才有利人民培養道德觀念（知禮節、知榮辱）。《禮記‧禮運》載：「飲食男女，人之大欲存焉。」口腹之欲是人的本性，沒有人能免去飲食的需要。若未能滿足這生存的基本條件，百姓根本難以顧及更高層次的道德修養，所以管子主張君主施政

時，先要考慮經濟，確保人民的生活得到保障。人民有餘裕思考道德問題，並遵守禮節和重視毀譽，就不會以下犯上，社會才能安穩。《管子・牧民》不但記述了管子振興經濟的治民方針，還詳列具體的施政措施，例如按土地肥瘠徵稅、定時開放山林河澤讓百姓打獵捕魚、不侵奪農時以免騷擾耕作。

　　談到重視經濟，富國為本，儒家也有相似的「民本」觀念。民本就是以民為本，即施政時以百姓為首要的考慮，《孟子・梁惠王上》指出只要君主不在農忙時徵調人民，不妨礙生產，就能令糧食充足，否則當人民缺乏生活保障，就難以遵守道德律令。管子與孟子均強調不違農時，重視經濟，但出發點稍有不同，《管子》的主張是從治國的角度出發，以便利君主統治為目的；孟子則站在百姓的立場提出主張，以人民利益為依歸。

名言活學

古人認為人只有在溫飽後，才會知道榮譽和恥辱。試看看下面的事例，思考這個說法有沒有值得留意或反思的地方。

不吃嗟來之食

春秋時期，齊國曾爆發一次大饑荒，路上滿是快要餓死的人。貴族黔敖在路邊設攤，提供食物給飢民。一個人用袖子蒙着臉，拖踏鞋子，蹣跚地走向黔敖。黔敖一手拿着食物，一手拿着水，呼喝他說：「喂！來吃吧！」那人盯着黔敖說：「我就是因為不願意吃帶有侮辱的食物，才落得如斯田地！」黔敖馬上道歉並追上前給他食物，但那人堅拒接受，最終餓死。

✪ 我們應該怎樣取捨「衣食」和「榮辱」？

高薪未必養廉　嚴刑遏止貪污

【本報訊】根據最新公佈的國家廉潔度排行榜顯示，廉潔跟高薪沒有必然關係。調查顯示全球平均公務員薪酬最高的國家是新加坡，部門首長可享高達七十萬美元的工資，但仍不能禁絕官員貪污，要靠嚴刑峻法阻嚇；相反，丹麥、瑞典、荷蘭、挪威等躋身廉潔榜首十位的國家，公務員工資普遍低於全國就業人口的平均工資，官員卻較少貪污。

✪ 「衣食足」跟「知榮辱」是否有必然關係？還有甚麼做法可以令人「知榮辱」？

9 不鳴則已，一鳴驚人。

司馬遷《史記・滑稽列傳》

名言溯源

古文

　　淳于髡者，齊之贅婿也。長不滿七尺，滑稽多辯，數使諸侯，未嘗屈辱。齊威王之時喜隱，好為淫樂長夜之飲，沈湎不治，委政卿大夫。百官荒亂，諸侯並侵，國且危亡，在於旦暮。左右莫敢諫。淳于髡說之以隱曰：「國中有大鳥，止王之庭。三年不蜚又不鳴，王知此鳥何也？」王曰：「此鳥不飛則已，一飛沖天；不鳴則已，一鳴驚人。」於是乃朝諸縣令長七十二人，賞一人，誅一人，奮兵而

今譯

　　淳于髡是齊國的入贅女婿。他身高不到七尺，為人風趣幽默，擅長辯論，數次出使諸侯國，未曾受過屈辱。齊威王即位初年，喜歡說隱晦的話，又愛好徹夜淫逸歡樂的宴飲，沉溺酒色之中而不理政事，把政事都委託給卿大夫。文武百官荒唐混亂，各國都來侵襲，國家危險得將要滅亡於旦夕之間。齊威王身邊沒有人敢進諫。淳于髡就以隱晦的話來游說他說：「國家有一隻大鳥，停留在大王的庭園裏。三年間不飛又不鳴叫，大王知道這隻鳥為甚麼這樣做嗎？」齊威王回答：「這隻鳥不飛也就罷了，一飛翔就能沖天；不叫也就罷了，一鳴叫就能驚動世人。」於是齊威王召見各縣長官七十二人來到朝廷述職，獎賞一人，誅殺一人，又振奮士兵出國作

出。諸侯振驚，皆還齊侵地。威行三十六年。語在〈田完世家〉中。」

司馬遷《史記·滑稽列傳》
（節錄）

戰。各國諸侯感到震驚，全都歸還之前侵吞的齊國土地。齊國的威聲維持了三十六年。這些話語都記錄在〈田敬仲完世家〉中。

小百科

▷《史記》

　　《史記》由西漢史官司馬遷編撰，記載了自傳說中的黃帝至西漢武帝期間約三千年的歷史，是中國第一部紀傳體史書，編排方式為後世官方編寫史書（正史）時所仿效。「紀傳體」運用人物傳記的方式記述歷史，以人物為中心，按時間順序記載其事迹及重大事件。《史記》共有一百三十篇，分五部分，包括十二「本紀」（記述帝王生平）、十「表」（以表格方式排列重要的歷史事件和人物）、八「書」（記載典章制度的興廢和變遷）、三十「世家」（記述具影響力的世族和諸侯的事迹）和七十「列傳」（記載官員、名人、各個階層的人物和少數民族的歷史）。

　　司馬遷在編寫《史記》時秉筆直書，以不虛美（偽寫功績）不隱惡（隱藏過失）見稱，把真實的歷史記錄下來，期望「究天人之際（研究天命和人事的關係），通古今之變（理出歷史變遷的原因），成一家之言」。《史記》除了是一部宏偉的史書外，也是一部優美的文學作品，其語言精練淺白、豐富生動，情節曲折動人；人物心理描寫細膩，形象鮮明活潑，大大影響了後世傳記文學、散文、小說、戲劇等的發展。不少耳熟能詳的成語故事，如「卧薪嘗膽」、「負荊請罪」、「四面楚歌」等都是出自《史記》。

➤ 齊威王（公元前 378-前 320 年）

齊威王，本名田因齊，戰國時期齊國國君。齊威王在即位初期不務正業，把治國的責任推諉於卿大夫，上行下效，大部分臣子工作散漫，無心朝政。後來經淳于髡以隱語（委婉的話語，有諷喻效果）勸諫，齊威王才改過自新，以「不鳴則已，一鳴驚人」來表達自己重整朝政的決心。自此他虛心納諫、禮賢下士，先後任用鄒忌、田忌、孫臏等賢臣良將，令國家穩定發展，國勢日益增強；又開設學宮，招覽天下賢士講學著書，推動了當時的學術發展。

➤ 尺

《史記‧滑稽列傳》形容淳于髡「長不滿七尺」，按現代長度單位來計算，「七尺」約是 2.6 米。正常男子一般不會有這麼高，那麼《史記》為甚麼記載「不滿七尺」這種平常事呢？原來戰國的「尺」比現代的「尺」短，當時七尺約只有 1.6 米，這樣來看，淳于髡身材應該較為矮小，所以《史記》才特記一筆。

名言共賞

俗語說：「伴君如伴虎。」在古代，君主權力至高無上，臣子稍有失言，隨時會被處死。不少人為免進諫時觸怒龍顏，都會採用「隱言」，以隱晦的話語委婉地暗示君主的過失，期望君主心領神會，從善如流。在《史記‧滑稽列傳》中，齊國入贅女婿淳于髡就運用了大鳥的比喻，勸喻齊威王改掉不務正業的壞習慣，這就是成語「一鳴驚人」的出處。

齊國在齊威王的父親齊桓公管治下國力強盛，可是齊威王即位後終日沉溺酒色，朝政日益腐敗，國勢逐漸衰弱，屢遭鄰近的國家侵犯。不少賢臣憂心不已，但又怕直言進諫會招致殺身之

禍。淳于髡見社稷有崩潰之勢，就趁機以隱言進諫，用一隻困於宮殿、不飛也不鳴叫的大鳥來比喻齊威王，暗示他上任後無所作為。齊威王會意後，便指這隻大鳥看似平平無奇，但「不飛則已，一飛沖天；不鳴則已，一鳴驚人」。他馬上整頓吏治，嚴明賞罰，使其他諸侯國感到畏懼而交還昔日侵佔的齊國土地。自此，齊國官員上下一心，諸侯國不敢再來侵犯，齊國大治三十多年。

「不鳴則已，一鳴驚人」比喻平日不見突出的人，一旦下定決心，竟做出驚人的成績。大鳥雖能一鳴驚人，但也要有能讓牠沖上雲霄的機會。要不是淳于髡勇敢進諫，提醒齊威王不要再沉迷逸樂，齊威王或許已因其劣行而遺臭萬年。另一方面，臣下即使敢言進諫，但齊威王也可以像其他心胸狹窄的君主般，處死諷喻他的淳于髡，不過齊威王卻能虛心納諫，改掉惡習，還展現出治國才能。齊威王派人調查各縣長官的得失，獎賞被人誣蔑但有政績的即墨大夫，誅殺以賄賂官員換取美名的阿大夫，表現出公正嚴明的一面；他又派出身卑微的淳于髡出使諸侯國，賜相位予有治國之才的琴師鄒忌，命跛腳但有用兵之才的孫臏為軍師，用人惟才，終於造就齊國盛世。這說明了有才幹的人抓緊一飛沖天的機會後，還需靠自省和努力，才能成功。

以下是戰國名士毛遂的漫畫故事。毛遂是趙國平原君的門客，才華橫溢但苦候三年仍未被任用。後來他自薦隨平原君出使楚國，期間他以超卓的口才令平原君、楚王和同行門客折服，一鳴驚人，由寂寂無聞的門客變成備受敬重的上賓。

名言活學 ✍

　　不少人都想在工作崗位上發揮才華，幹出一番事業，讓人刮目相看。試閱讀以下新聞，想想要做到一鳴驚人，還要留意些甚麼。

堅持個人夢想　鄉村婦女一夜成名

【本報訊】英國鄉村婦女蘇珊・博伊爾天生擁有美妙的歌喉，年輕時曾參加歌唱比賽，可惜未獲賞識。2009年，博伊爾參加了一個才藝選拔賽，她因其貌不揚、衣着土氣而不被看好，評判更輕蔑地問她為甚麼47歲還未能實現當歌手的夢想，博伊爾回答：「因為我一直未有機會，希望今晚能如願以償。」惹來評判一陣訕笑。想不到她演唱《我有一個夢想》時一鳴驚人，在場的人都被她的歌聲感動，紛紛站立鼓掌，三位評判都一致認為她的表現優異，令人驚訝。自此，博伊爾聲名大噪，得到唱片公司的垂青，也參加了不少國外的歌唱比賽，踏上專業歌手的道路。2012年，愛丁堡瑪格麗特女王大學頒發榮譽博士學位給博伊爾，肯定了她在社會、文化、藝術上的貢獻。

✪ 懷才不遇的人怎樣才能改變現狀，創造一番事業？

✪ 令人「一鳴驚人」的關鍵是甚麼？是運氣、實力，還是其他？

10 鞠躬盡瘁，死而後已。

諸葛亮〈後出師表〉

名言溯源

古文

　　夫難平者，事也。昔先帝敗軍於楚，當此時，曹操拊手，謂天下以定。然後先帝東連吳、越，西取巴、蜀，舉兵北征，夏侯授首，此操之失計而漢事將成也。然後吳更違盟，關羽毀敗，秭歸蹉跌，曹丕稱帝。凡事如是，難可逆見。臣鞠躬盡瘁，死而後已，至於成敗利鈍，非臣之明所能逆覩也。

諸葛亮〈後出師表〉（節錄）

今譯

　　最難判斷的，是戰事。當初先帝兵敗於楚，這時候，曹操拍手稱快，認為天下已經平定。後來先帝於東面與吳、越連和，在西面取得巴、蜀之地，又出兵北伐，夏侯淵被斬首，這都是曹操估計錯誤，而漢室復興的事快將要成功。後來，吳國違背盟約，關羽戰敗被殺，先帝在秭歸遭到挫敗，曹丕稱帝。所有事情都是這樣，很難預料。臣下恭敬地為國家獻出一切力量，直到死才罷休。至於這次北伐最終是成功還是失敗，是順利還是困難，就不是臣下的智慧所能夠預見了。

小百科

▷ 諸葛亮 (181-234 年)

諸葛亮，字孔明，瑯琊陽都 (今山東沂南) 人，三國時期蜀國丞相，是著名的政治家、軍事家、文學家。著作包括〈前出師表〉、〈後出師表〉和〈誡子書〉等，有《諸葛亮集》傳世。諸葛亮早年為了逃避戰亂，隱居於荊州南陽臥龍崗 (今河南省臥龍崗)，人稱「臥龍先生」。後劉備三顧草廬，拜訪諸葛亮，希望他為漢室效力。二人就天下形勢作出分析，諸葛亮建議劉備先取荊州，再取益州，二人的對話記載於《三國志‧蜀‧諸葛亮傳》中，後世稱為〈隆中對〉，是史上有名的戰略名篇。諸葛亮感激劉備的賞識之情，答應出仕。劉備死後，諸葛亮輔佐後主，獲封武鄉侯，繼續為復興漢室而出謀獻策，改善了蜀國與西南各族的關係。晚年他領兵北伐，與曹魏交戰，最終病逝於五丈原。

▷〈後出師表〉

「表」是古代臣子向君主陳述個人想法和請求的奏章。〈出師表〉分前後兩表，後人評價它「前表開守昏庸，後表審量形勢」。公元227年，諸葛亮北上伐魏，奪取涼州，臨行前寫下〈前出師表〉(收錄於《三國志》卷三十五)，勸勉後主廣開言路、嚴明賞罰、親賢遠佞，以復興漢室，同時表明自己以身許國、忠貞不二。一年後，他再寫下〈後出師表〉，冀加強後主北伐曹魏的信心。由於〈後出師表〉未收錄在《三國志》中，因此有人認為此表非出自諸葛亮手筆；也有人認為《古文觀止》收錄了前後〈出師表〉，兩文應同是諸葛亮的作品。無論如何，兩文都是傳世名篇，有很高的文學價值。

名言共賞

「鞠躬盡瘁，死而後已」是家喻戶曉的名言。「鞠躬」是指彎着身子，表示敬重的動作，「盡瘁」指竭盡所能，「死而後已」指盡心盡力的程度。時至今天，我們多用這句話來形容人全力以赴做好某件事，而諸葛亮用「鞠躬盡力，死而後已」來表示自己忠君愛國，也確是十分貼切。

東漢末年，漢室衰弱，地方勢力割據。漢室後裔劉備聽聞諸葛亮足智多謀，親臨他的草廬邀請他出仕，復興漢室，惜尋訪不遇，劉備的臣下關羽、張飛提議生擒諸葛亮，迫他效力，然而劉備堅持再次拜訪，以禮相待。為了不打擾諸葛亮休息，劉備在他身邊靜候他醒來。三顧草廬後，劉備的誠意終於感動了諸葛亮，令他答應出仕。此後，諸葛亮畢生為劉備鞠躬盡瘁，這一份君臣情誼，乃建基於劉備的賞識和尊重。

劉備死後，諸葛亮繼續為後主排難解憂。面對無能的後主劉禪，諸葛亮本可棄之不顧，劉備亦曾表示若劉禪無能，諸葛亮可取而代之，統領蜀國。但是，諸葛亮並沒有這樣做，他竭盡所能扶助後主，「寢不安席，食不甘味」、「深入不毛，並日而食」，晝夜都為復興漢室、統一天下而努力。前、後〈出師表〉均見諸葛亮晚年為了北伐之事孜孜不倦地誨誡後主，其「鞠躬盡瘁，死而後已」的態度始終如一。

有人認為諸葛亮深知後主昏庸，仍然為他效力，實為愚忠。要評價諸葛亮是否愚忠，要先看看他和劉備是怎樣的關係。劉備雖然是諸葛亮的君上，但他待下屬情同手足，從不猜疑，後來甚至願意讓諸葛亮繼承漢室，可見他們的關係已達「君視臣如手足，臣視君如心腹」的境界。劉備信任諸葛亮，諸葛亮以其一生來回報劉備和蜀國，這當中所包含的，除了效忠之義，還有答謝劉備提拔之恩和感激對方以禮相待的情誼。

名言活學

在古代，像諸葛亮一樣「鞠躬盡瘁，死而後已」的臣子為數不少，如「竭忠誠以事君」的屈原、「生斯世、為斯民」的文天祥、「保天下者，匹夫之賤，與有責焉」的顧炎武等，都是著名的愛國之士。然而，這種盡忠的態度有沒有值得反思的地方？

最新職場調查

【本報訊】人力資源公司一項關於員工離職的調查顯示，薪金多寡、與上司的關係及工作的挑戰性是僱員離職的首三個原因。在六百名受訪員工中，逾七成人表示「薪金低」是離職的首要原因；近七成「打工仔」亦表示與上司的合作關係是考慮去留的重要因素之一；五成人則表示若工作沉悶、沒有挑戰性、失去對工作的滿足感，也會令人萌生離職的念頭。

✪ 若你是僱主，你會怎樣提升員工對公司的忠誠度和歸屬感？

精忠報國的岳飛

岳飛是中國歷史上著名的將領。北宋末、南宋初時，岳飛率師北伐，先後收復鄭州、洛陽等地。正當戰事佔優之時，宋高宗和佞臣秦檜卻因為一心求和，以十二道「金字牌」命令岳飛班師回朝。岳飛雖明知回朝會遭逢厄運，仍然遵從皇命。回朝不久，他便被高宗以「莫須有」的罪名處死了。

✪ 為了盡忠而喪失性命，你認為值得嗎？為甚麼？

志向抱負

美文欣賞

二、志向抱負

【導讀】這篇文章節錄自賈平凹的〈人病〉，記述了他患了肝病，入院治療前的遭遇和感受。作者得病後，朋友、熟人都對他維持着表面上的客氣，實則對他避之則吉。在作者筆下，人們這種言行不一的描述愈是鮮明，便愈是切實地嘲諷了人際間虛偽的現象。面對這樣的處境，作者感到侮辱，只好避世，盡量不外出，以免自招難受。面對屈辱，每個人的反應都不相同，作者又如何消解？他指自己患病後「活得極為清靜」，遇到任何難纏的人和事，就以「患了肝炎」作遁詞，實踐着「自賤是維護自己尊嚴的妙着良方」的態度。文中處處都是調侃式的自嘲，這似乎就是作者面對疾病折騰、屢遭歧視下無可奈何的應對之法，同時也是對社會上人情冷漠的鞭撻。

人病（節錄）

賈平凹

我突然患了肝病，立即像當年的四類分子一樣遭到歧視。我的朋友已經很少來串門了，偶爾有不知我患病消息的來，一來又嚷着要吃要喝，行立坐臥狼藉無序，我說，我是患肝炎了，他們那麼一呆，接着說：「沒事的，能傳染給我嗎？」但飯卻不吃了，茶也不喝，抽自己口袋的劣煙，立即拍着腦門叫道：「哎喲，瞧我這記性，我還要出去 XX 處辦一件事的！」我隔窗看見他們下了樓，去公共水龍頭下沖洗，一遍又一遍，似乎那雙手已成了狼爪，恨不能剁斷了去。末了還湊近鼻子聞聞，肝炎病毒是能聞出來的嗎？蠢東西！

有一位愛請客的熟人，十天半月就要請一次有地位的人，每一次還要拉我去作陪，說是「寒舍生輝」。這丈夫就又邀了我去，婦人當然熱情，但我看出了她眉宇間的憂愁，

我也知道她的為難了，説，多給我一個碟子一雙筷子吧。我用一雙筷子把大盆的菜夾到我的小碟裏，再用另一雙筷子從小碟夾菜送到我口中。我笑着對被請的那位領導説：「我現在和你一樣了，你平日是一副眼鏡，看戲是一副眼鏡，批文件又是另一副眼鏡。」吃罷了，我叮嚀婦人要將我的碗筷蒸煮消毒，婦人説，哪裏，哪裏。我才出門，卻聽見一陣瓷的破碎聲，接着是撐貓的聲，我明白我用過的碗筷全摔破在垃圾筐，那貓在貪吃我的剩菜，為了那貓的安全，貓挨了一腳。

這樣的刺激使我實在受不了，我開始不大出門，不參加任何集會，不去影院，不乘坐公共車。從此，我倒活得極為清靜，左鄰右舍再不因我的敲門聲而難以午休，遇着那些可見可不見的人數米外抱拳一下就敷衍了事了，領導再不讓我為未請假的事一次又一次交檢討了，那些長舌婦和長舌男也不用嘴湊在我的耳朵上是是非非了。我遇到任何難纏的人和難纏的事，一句「我患了肝炎」，便是最好的遁詞。

妻子説：「你總是宣講你的病，讓滿世界都知道了歧視你嗎？」我的理由是，世界上的事，若不讓別人尷尬，也不讓自己尷尬，最好的辦法就是自我作賤。比如我長的醜，就從不在女性面前裝腔作勢，且將五分的醜說到十分的醜，那麼醜中倒有它的另一可愛處了。相聲藝術裏不就是大量運用這種辦法嗎？見人我說我有肝病，他們防備着我的接觸而不傷和氣，我被他們防備着接觸亦不感到難下台，皆大歡喜，自賤難道不是一種維護自己尊嚴的妙着良方嗎？再者，別人問起：你這些年是怎麼混的，怎麼沒有更多的作品出版，怎麼沒有當個 XX 長，怎麼沒能出國一趟，怎麼陽台上沒植花草籠裏沒養鳥，怎麼只生個女孩，怎麼不會跳舞，沒個情人，沒一封讀者來信是姑娘寫的？「我是患了肝炎呀！」一句話就回答了。

　　但是，人畢竟是羣居動物，當我一個人獨處的時候，不禁無限的孤獨和寂寞。

　　惟有父親和母親、妻子和女兒親近我，他們沒有開除我的家籍。他們愈是待我親近，我愈是害怕病毒傳染給他們。我與他們分餐，我有我的臉盆、毛巾、碗筷、茶缸，且各有固定的存放處。我只坐我的坐椅，我用腳開門關門，我瞄準着馬桶的下泄口小便。他們不忍心我這樣，我說：這是個感情問題！我惱怒着要求妻子女兒只能向我作飛吻動作，每夜燒兩盤蚊香，使叮了我血的蚊子不能再去叮我的父母，我卻被蚊香熏得頭疼。我這樣做的時候，我的心在悄悄滴淚，當他們用滾開的熱水燙泡我的衣物，用高壓鍋蒸熏我的餐具，我似乎覺得那燙泡的，蒸熏的是我的一顆靈魂。我成了一個廢人了，一個可怕的魔鬼了。

　　我盼望我的病能很快好起來，可惜幾年間吃過了幾簍中藥、西藥，全然無濟於事。我笑我自己一生的命運就是寫作掙錢，掙了錢就生病吃藥，現在真正成了甚麼都沒有就是有病，甚麼都有就沒錢。我平日是不吃葷的，總是喜食素菜，如今數年裏吃藥草，倒懷疑有一日要變成牛和羊。說不定前世就是牛羊所變的吧。

　　我終於要求住進了傳染病院。

【導讀】〈守墓〉以袁崇煥的忠僕為他守墓一事作引入，談到「守」這種精神。文首的古詩先為文章作氣氛上的營造與鋪墊，這種文白結合的形式，在現代散文並不常見，值得讀者留意並深思作者的匠心。守墓，本來就是忠心的表現，袁崇煥的僕人不只一代為主人守墓，其後人還堅持守了十七代，可說是「鞠躬盡瘁，死而後已」的典範。朱少璋由此事巧妙地談到「守」的意義和必要，直指「守」就是「守一些別人不以為然，而自己卻覺得甚有意義的東西」，從而抒發自己也一直在守「國粹」的墓——「墓」至此又多了一重象徵意義。在作者眼中，不論守的是甚麼墓，守墓者都彷彿帶點痴和悲哀，雖說自願卻又帶點無奈，似乎都狀甚可憐、愚蠢。然而，如同袁崇煥的忠僕、〈六月雪〉的竇娥一樣，作者相信「只要有墓，還是有守下去的理由」，這「守下去的理由」充滿了對承諾、對使命的責任和堅持，是中華文化精神裏極其重要的部分。

守墓

朱少璋

跋涉登山往，微吟陟岵詩。非為行役苦，但傷至親離。
宿草長於膝，野卉雜芳菲。流蠅繞復去，獨棄我如遺。
拂面輕寒至，枝斜透落暉。樹靜風不息，難遣五中悲。
節近寒食節，時乃日暮時。人生一轉瞬，狹隙映駒馳。
滔滔東流水，逝者不可追。雲霞幻蒼狗，誰為感白衣。
孤崗南北顧，崖崿失依持。靄靄浮嵐外，一鳥獨歸遲。

明末邊城守將袁崇煥遭皇太極反間計所賺，昏庸的思宗自毀長城，把袁督師殺掉。袁氏的一位佘姓忠僕慷慨收屍，在北京為袁氏建了一座墳墓，還在死前叮囑子孫要世

世為袁氏守墓，至今已守了十七代。陶傑先生在其專欄中寫道：「袁崇煥的墓，有甚麼好守護呢？」陶傑認為該守的長江三峽沒有一個人站出來守護，終於要在建壩的前提下被水淹沒；不必守的墓卻有人守了三百年，這是「中國人的悲哀」。

三峽，看來也是一座歷史文化的古墓，實在是要守下去的，可惜子孫不肖，從此就沒有了巫山雲雨，再也聽不到兩岸的猿聲了。酆都也難逃劫數，鬼城都要變成「水鬼城」。歷來多少文人雅士，用優美的詩詞歌賦去為三峽守墓，始終是守不下去，陶傑也許是以文字為三峽守墓的最後一代傳人了。

守墓，本來就是「癡」而「悲哀」的事情：本來是自願的，卻又帶點無奈；看來是在等待着某些東西，但又似是不知在等誰。

守墓人在夕陽西下時上墳，在墳頭拔草掃葉，紙錢翻作灰白的蝴蝶，在蒼茫的暮色中翻飛，守墓人青鬢變成白髮，本來是挺直的腰身也變有點佝僂，這天是攜着小孫兒上墳，老人家千叮萬囑，要孫兒承繼祖輩的志願，有生一日都要守着這片墓地，少不更事的孩子天真地問：「躺在下面的是誰？」老人家在夕照中長歎一聲，「為守而守」，個中道理太玄了，實在也不是甚麼具說服力的理由，小孩子反正不懂，老人家乾脆一句話也不說……

守，就是守一些別人不以為然，而自己卻覺得甚有意義的東西，要不然就沒有「守」的必要了。正如英國人和法國人，總不明白中國人為甚麼要死守着「敦煌」內的幾個黃土洞，那些文物能藏在具規模的英法博物館內，不是比放在那昏暗的洞內更好嗎？毛公鼎當年就曾落入日本人之手，幸好葉遐庵以重金購回。我們也許會質疑，為甚麼要守着一個銅鼎？其實每個人的價值取向不同，也就各守不同的東西。

比如有人是「守財奴」，他覺得錢財最重要；有些人卻要「守節」，覺得名節比生命還重要。錢財也好、名節也好，終歸塵土，要守的，都是一片荒墳而已。這樣看來，誰不曾守墓呢？

……在依稀的記憶中，就如我當年在濃重的暮色裏，老人家帶着我上墳。

我現在才知道，我守的是一座名為「國粹」的墓，聽祖輩說，墓內有文學、哲學、思想、藝術、語言等迹近被遺忘的東西，但我不曾問：「那為甚麼要守下去呢？」事實證明了大多數人的話是正確的——文學不能填飽肚子，哲學和思想是可有可無，藝術是玩物喪志，語言雖仍有丁點兒實用價值，但外國的語言比本地語言更吃香……這一切一切不中用的，早該埋到墓裏去。埋是埋了，但，為甚麼還要守下去？

粵劇〈六月雪〉演竇娥的悲劇，劇中蔡婆為竇娥着想，要她改嫁張驢，蔡婆說自己當年夫死而守節，是為子而守，但竇娥無子無女，實在不知為誰而守。竇娥靈巧地答要為婆婆守節，蔡婆再追問：「倘若婆婆死了，又為誰而守？」竇娥不由得一時語塞，說：「婆婆死了，守無可守！」但，我想竇娥還是會守下去的，只要有墓，她還是有理由守下去；可是天天都是清明節，在紛紛細雨中踏青，竇娥一定苦死了。

【導讀】〈成功三部曲〉是台灣女作家羅蘭一篇著名的說理文，文章脈絡清楚，條分縷析，表達方式多樣，是可堪閱讀的說理文章。文中提到的成功三部曲：努力耕耘、把握時機及懂得繞道而行，都是圍繞着「一鳴驚人」這話題而開展。作者在開首提到有抱負的人往往想一鳴驚人，卻總是忽略成功背後的條件，也不明白成功不會平白得到，必先耕耘才有收穫，還需要看準時機，而且不怕走冤枉路，這可說是集勤勞、機敏和耐性的考驗。看完這三部曲後，讀者應該知道，「一鳴驚人」是辛勤之後的成果，真正的成功不會是偶然或僥倖獲得的。假如此刻你仍在期待着哪天要一鳴驚人，那離成功大概還遠着。

成功三部曲

羅蘭

一、惟有埋頭，乃能出頭

許多有抱負的人都忽略了積少才可以成多的道理，一心只想一鳴驚人，而不去做埋頭耕耘的工作。等到忽然有一天，他看見比他開始晚的，比他天資差的，都已經有了可觀的收穫，他才驚覺到自己這片園地上還是甚麼也沒有。這他才明白，不是上天沒有給他理想或志願，而是他一心只等待豐收，可是忘了播種。

我有一位朋友，時常在閒暇時來找我談天。他學的是法律，卻熱衷戲劇，常想有機會躍登銀幕，成為大明星。可是，我卻從沒有看見他去嘗試那可以進入影劇界的機會。於是，我問他：「為甚麼不去試試看呢？」

他說：「我不願去和那些初出茅廬的小孩子們競爭。我已經快三十歲了，即使考進去之後，也不過是做個小小的配角，有甚麼意思？我要等甚麼時候有大公司找某一部影片的

主角和我的性格戲路合適的，我一去，就會錄用，那才可以一鳴驚人。」

可是，像這樣幸運的人能有幾個？於是，他只好任歲月蹉跎，年華老去，而他的願望仍止於是個願望。只因他不肯從頭做起，所以永遠接觸不到他理想的天堂。

單是對自己那無法實現願望焦急慨歎是沒有用的。要想達到目的，必須從頭開始。所謂「登高必自卑，行遠必自邇」；正如爬山，你只好低着頭，認真耐性地去攀登。到你付出相當的辛勞努力之後，登高下望，你才可以看見你已經克服了多少困難，走過了多少險路。這樣一次次的小成功，慢慢才會累積成大的更接近理想目標的成功。

最終的目標絕不是轉眼之間所可以達致，在未付出辛勞艱苦和屈就的代價之前，空望着那遙遠的目標着急是沒有用的。而惟有從基本做起，按部就班地朝着目標進行才會慢慢地接近它、達到它。

古人說：「惟有埋頭，乃能出頭。」種子如不經過在堅硬的泥土中掙扎奮鬥的過程，它將止於是一粒乾癟的種子，而永遠不能發芽滋長成一株大樹。

二、把握時機

居里夫人說：「弱者等待時機，強者創造時機。」這真是一句至理名言。《台北民族晚報》上有一次記述林語堂博士當年的一段故事說：

「有一天，一位先生宴請美國名作家賽珍珠女士，林語堂先生也在被請之列，於是他就請求主人把他的席次排在賽珍珠之旁。席間，賽珍珠知道座上多中國作家，就說：『各位何不以新作供美國出版界印行？本人願為介紹。』

「座上人當時都以為這是一種普通敷衍說詞而已，未予注意；獨林博士當場一口答應，歸而以兩日之力，搜集其發

表於中國之英文小品成一巨冊，而送之賽珍珠，請為斧正。賽因此對林博士印象至佳，其後乃以全力助其成功。

「據說，當日座上客中尚有吳經熊、溫源寧、全增嘏等先生，以英文造詣言，均不下於林博士，故在事後，如他們亦若林氏之認真，而亦能即日以作品送諸賽氏，則今日之成功者未必為林氏也。」

由這段故事看來，一個人能否成功，固然要靠天才，要靠努力，但善於創造時機，及時把握時機，不因循、不觀望、不退縮、不猶豫，想到就做，有嘗試的勇氣，有實踐的決心，多少因素加起來才可以造就一個人的成功。所以，儘管說，有人的成功在於一個很偶然的機會，但認真想來，這偶然的機會能被發現，被抓住，而且被充分利用，卻又決不是偶然的。

機會是在紛紜世事之中的許多複雜因子，在運行之間偶然湊成的一個有利於你的空隙。這個空隙稍縱即逝，所以，要把握時機確實需要眼明手快地去「捕捉」，而不能坐在那裏等待或因循拖延。

西諺說：「機會不會再度來叩你的門。」這並非說它架子大，而是它也被操縱推擠在萬事萬物之間，身不由己。

因循等待是人們失敗的最大原因，所以說：「弱者等待時機，強者創造時機」；所謂「創造時機」，不過是在萬千因子運行之間，努力加上自己這萬千分之一的力量，希圖把「機會」的運行造成有利於自己的一剎那而已。林語堂博士的故事，可以說是一個最好的證明。

徘徊觀望是我們成功的大敵。許多人都因為對已經來到面前的機會沒有信心，而在一猶豫之間，把它輕輕放過了。機會難再，這話是對的，因為即使它肯再來光臨你的門前，但假如你仍然沒有改掉你那徘徊瞻顧的毛病的話，它還是照樣要溜走的。

三、繞道而行

我們常看見那迷路的蜻蜓在房間裏拚命地飛向玻璃窗，打算到那海闊天空的地方。它看準了透過玻璃窗照進來那一片光明，百折不撓地飛過去。它每次都碰到玻璃上，必須在上面掙扎好久，才恢復神智，然後它在房裏繞上一圈，再鼓起勇氣，仍然朝玻璃窗上飛去，當然，它還是「碰壁而回」。

其實，旁邊的門是開着的，只因那邊看起來沒有這邊亮，它就不想去試試那個門。

追求光明是多數生物的天性。它們不管怎樣遭受失敗或挫折，總還是堅決的朝向光明的地方奮鬥。但是，當我們看見碰壁而回的蜻蜓的時候，卻不禁想要告訴它：我們有時為了達到目的，是不能不換一個看來較為遙遠，較為無望的方向；否則，你就只好永遠在嘗試與失敗之間兜圈子，直到你完全折羽而回。

百折不回的精神雖然可佩，但如果這裏雖然望得見目標，而這前面卻只是一片陡削的山壁，沒有可以攀緣的路徑時，我們也只好換一個方向，繞道而行。

為了達到目標，暫時走一走與理想相背馳的路，有時卻正是智慧的表現。事實上，人生途中是沒有幾條便捷的直達路徑可走的。我們時常必須把目標放在背後，而耐心地去做披荊斬棘、鋪路修橋的工作，我們時常必須嘗試很多條看來非常晦暗無望的道路之後，才發現距離目標近了一點。

只要我們記住自己理想的方向，就算多兜幾個圈子，也並不算錯誤。

不要逞匹夫之勇，像那個固執的蜻蜓想從玻璃窗上鑽過去那樣。請運用你的智慧和耐心吧！你可以暫時屈就你所不喜歡的職業，你可以暫時應付一下你所討厭或輕視的人，你可以暫時走進一個黑暗的涵洞——只要你不忘記由它的另一頭鑽出來，只要你時刻知道這一切都僅僅是手段，而不是

你的終極目的，你就用不着灰心和難過；也用不着關心周圍的人怎樣批評或嘲笑你。

法國作家勒農說：「你不要焦急！我們所走的路是一條盤旋曲折的山路，要拐許多彎，兜許多圈子，時常我們覺得好似背向目標，其實，我們總是愈來愈接近目標。」

懂得兜圈子、繞道而行的人，往往是第一個登上山峯的人。

思考點

1. 〈人病〉一文中，作者用了甚麼方法來描寫朋友妻子知道他得肝病後的反應？試舉例並加以說明。

2. 在文末，作者的情緒有強烈的轉變，原因何在？試加以闡述。

3. 〈守墓〉開首的古詩對下文的表達有甚麼作用？試加以說明。

4. 文章本來談守墓者，後來作者忽然說他守的是「國粹的墓」，這一段是否贅言？應否略去？為甚麼？

5. 〈成功三部曲〉多處運用舉例的方法來說明道理，試以第一部分「惟有埋頭，乃能出頭」說明之。

6. 〈守墓〉談的是堅持的精神，但在〈成功三部曲〉中，作者卻認為當人碰壁時，需要繞道而行，才能獲得成功。你認為這兩種說法是否背道而馳？為甚麼？

參考答案見214頁

問學之道

11 學而不思則罔，
思而不學則殆。

《論語·為政》

名言溯源

<table>
<tr><td>

古文

</td><td>

今譯

</td></tr>
<tr><td>

子曰：「學而不思則罔，思而不學則殆。」

《論語·為政》（節錄）

</td><td>

孔子說：「只讀書卻不思考，就會感到迷惘；只思考卻不讀書，就會使精神怠倦。」

</td></tr>
</table>

小百科

▷《論語·為政》

〈為政〉是《論語》的第二篇，共有二十四章，主要記述孔子的政治思想、求官為官的基本原則、「孝」「悌」等道德概念，以及學習和修養的方法。篇名的「為政」指「為政以德」的政治思想，孔子認為君主應以道德治理國家，並以身作則感化和教育人民，這樣就會得到人民擁護，令天下大治；用嚴刑峻法治國，只能起阻嚇作用，不會使人心歸順。〈為政〉裏有很多流傳至今的名言，除了上述「學而」一句外，還有「溫故而知新」、「知之為知之，不知為不知，是知也」和「見義不為，無勇也」等。

　　孔子經常勸勉學生勤奮學習，自己也以身作則，好學不倦。《史記》記載孔子讀《易經》時，因為勤於翻閱竹簡，而使編連竹簡的牛皮繩多次斷掉。不過，單單熟讀書本是不夠的，孔子還強調思考的重要：「學而不思則罔，思而不學則殆」。「學」指讀書，「思」指思考，句子的意思是：只顧讀書而不去思考，會感到茫然無所得；只顧思考而不讀書，則會感到精神怠倦。學習時必須「學」、「思」平衡，不可偏廢，才能獲取最大的學習成果。

　　就學習而言，熟讀書本固然重要，但讀書人若只是死記硬背，知其然而不知其所以然，就無法把所學靈活應用。這些人一旦遇到書裏沒有提及的情況，往往會不知所措。孔子曾說：「舉一隅，不以三隅反，則不復也。」（《論語•述而》）連有教無類的萬世師表在面對不懂得靈活思考、舉一反三的學生時，也只能徒歎奈何，足見思考是學習中不可缺少的一環。

　　反過來說，只專注於思考又是否可行？書本所載的知識是思考的基礎，若思考時沒有知識作基礎，就很容易失去思考的方向，或想不出有用的東西來。當思考時失去方向，也就無法作出明智的判斷，甚或陷於猶豫不決之中，帶來莫大的精神痛苦，實在有害無益。孔子曾說：「吾嘗終日不食，終夜不寢，以思，無益，不如學也。」（《論語•衛靈公》）指出沉醉思考並無好處；荀子在〈勸學〉提到：「吾嘗終日而思，不如須臾之所學也。」同樣指出「思而不學」只是虛擲光陰，無所得益，學習時還是必須思考與讀書並重。

　　雖然孔子很早就提出了學思並重的學習方法，但不少士人仍然只會死讀書，以致一無所獲。下面的故事出自紀曉嵐《閱微草堂筆記》，講述清代士人劉羽沖「學而不思」，結果一事無成，鬱鬱而終。

名言活學

孔子主張學思並重，認為這是增進學問的良方。隨着時代改變，這種學習方法是否仍然可行？有沒有值得反思的地方？

互聯網搜索引擎讓人變笨

【本報訊】互聯網發展日益發達，當人們遇上難題時，往往運用網上搜索引擎來尋找解決方法。早前一個「使用互聯網搜索引擎」的研究報告顯示，約三成五受訪者在遇到問題時不會先加以思考，而是即時上網搜尋答案，有四分之一的人在搜尋資料後，很快就忘記答案，恍如未曾學過。研究的負責人指出，互聯網用家因長期依賴網上工具搜索資料，懶於記憶，令腦袋變得遲純，有礙建立長期記憶。

✪ 有了資訊科技的協助，我們是否可以「思而不學」？為甚麼？

死記硬背　揚威國際

【本報訊】日前，母語是英語的紐西蘭人理查茲通過死記硬背的方法，奪得了拼字比賽法文組的冠軍。雖然理查茲已是拼字比賽英文組的冠軍得主，但他從未學過法文，為了挑戰自己，他參加了法文組的比賽。他在兩個多月內，每天背誦法文字典，最終在比賽中擊敗以法文為母語的選手，奪得第一名。賽後主辦方確認理查茲的確不懂法語，表示他能夠勝出比賽，全賴過往比賽的經驗與個人的努力。

✪ 背誦有甚麼好處？你是否同意報道中的紐西蘭人以死記硬背來勝出比賽的做法？

12 敏而好學，不恥下問。

《論語·公冶長》

名言溯源

古文

　　子貢問曰：「孔文子何以謂之『文』也？」子曰：「敏而好學，不恥下問，是以謂之『文』也。」

《論語·公冶長》
（節錄）

今譯

　　子貢問孔子：「孔文子的諡號為甚麼稱為『文』呢？」孔子回答說：「（他）聰敏而且好學，不會因為向地位較自己低的人請教而感到可恥，所以才得到『文』的諡號。」

小百科

▷ 《論語·公冶長》

　　《論語·公冶長》是《論語》的第五篇，共有二十八章，主要記述了孔子對別人的評價，反映了他對仁德的看法和選拔人才的觀點。篇中除了提及孔子對公冶長、子貢、宰予、漆雕開等弟子的評價外，也提及對先賢如衛國大夫孔文子、寧武子等人的看法。除了「不恥下問」外，〈公冶長〉還記載了「三思而後行」、「聽其言而觀其行」、「朽木不可雕也」等耳熟能詳的名言。

▷ 孔文子（生年不詳，卒於公元前 480 年）

　　孔文子，即孔圉，「文」是他的謚號，「子」是尊稱。他是衛國的上卿大夫，掌管外交事務，很有權力。孔子講學時，魯國執政者季康子曾請教孔子為何衛靈公昏庸無能，但衛國還不致覆亡，孔子解釋這是因為衛國仍有如仲叔圉（即孔圉）、祝鮀、王孫賈等賢人輔助。孔圉卓越的治國才能雖然深受孔子賞識，但他的行為也有遭人非議的時候。根據《左傳》記載，孔圉曾要求太叔疾休妻，改娶自己的女兒，後來他發現太叔疾淫亂，欲出兵攻打太叔疾。孔子勸阻他，並說：「鳥則擇木，木豈能擇鳥？」孔圉最終接回女兒，但又把她改嫁給太叔疾之弟太叔遺。子貢認為孔圉行事不合乎禮，因此疑惑為何他會有「文」這樣崇高的謚號。

▷ 謚號

　　謚號是人死後，後人根據他們的功過和品德所給予的稱號。謚號的制度始於周朝，由君主或朝廷頒佈，原本只給予君主、后妃、貴族、權臣等，後來民間出現私謚，有名望的學者或士大夫死後，其親朋、學生或同僚會為他私定謚號。部分謚號久經使用，更成了古人的別名，如陶靖節（陶潛）、岳武穆（岳飛）、曾文正（曾國藩）等。謚號一般分上、中、下三種級別，用字亦有規範，所以單看一個人的謚號，已能對那人有初步的印象。

1　上謚：褒揚類，如「文」表示有經緯天地的才幹或勤學好問的品德，「武」表示威強敵德，「襄」表示威德服遠。

2　中謚：同情類，如「懷」表示慈仁，「思」表示同情，「哀」表示亡國之君。

3　下謚：貶斥類，如「靈」表示胡作非為，「厲」表示殺戮無辜，「荒」表示好樂怠政。

名言共賞

　　「敏而好學，不恥下問」出自《論語・公冶長》，是由孔子和學生子貢討論孔圉的謚號而來的。孔圉得到了「文」這個上謚，獲後人尊稱為孔文子，名聲甚高，但子貢認為他曾想攻打太叔疾，還把女兒先後嫁給太叔疾和太叔遺兩兄弟，不遵守禮制，配不上「文」的上謚。孔子就以「敏而好學，不恥下問」來評價孔圉，指他天資聰穎，勤奮好學，也不以向地位比自己低的人請教為羞恥，因此在求學問的品格方面，孔圉仍然堪配「文」這個謚號。

　　歷史上不乏聰明好學的人，但聰明人未必個個都會虛心求教。孔子就點出孔圉的非凡之處：「好學」求諸己，不難做到；「下問」求諸人，則需謙遜才能做到。關於「下問」這種學習態度，歷代文人都有相同的見解，韓愈〈師說〉道：「術業有專攻。」近代亦有諺語云：「學無前後，達者為先。」學業和技能各有專門的研究，學習成果也無分先後，只要對方在某領域比自己擅長，即使身份地位有差別，也應向他請教，而不需感到羞恥。

　　「不恥下問」強調的除了是渴求學問的精神外，更重要的是謙虛的求學態度。除了孔圉，魏晉南北朝的學者孔璠也因虛心學習而受到稱頌。孔璠門生眾多，李謐是其中一人，他天資過人，勤於學習，學習不過幾年，學識已經超越老師。後來孔璠遇到不懂的地方，也會誠心向李謐請教，還拜他為師。孔璠更明言只要是學有所成的人，誰都可以當自己的老師。這件事傳開以後，大家都非常欽佩孔璠能放下身段，不恥下問的學習態度。

名言活學

好學和不恥下問都是值得欣賞的學習態度，試看看以下兩則新聞，看看這兩種態度有甚麼需要留意的地方。

台灣甜柿大王揚威國際

【本報訊】甜柿在台灣是奢侈品，過往幾乎都從日本進口。近年，台灣竟出了一名甜柿大王朱先生，他在本地種出比日本品種還要優質的甜柿。初種甜柿時，朱先生投資上百萬元購買肥料和農藥，豈料只能種出像雞蛋般大小的甜柿。於是他四出尋求種植良方，最終得到中興大學蔡老師傾囊相授種植要訣，朱先生虛心學習，按照蔡老師的意見修正種植方法，結果種出媲美日本品種的甜柿來。朱先生沒有自滿，更和太太一起到農民大學堂上課，學習更多關於種植的知識。現在不少海外顧客都會跟朱先生訂購柿子，使他成為名揚國際的甜柿大王。

✪ 在學習之路上，勤奮學習和遇上良師，哪一項較為重要？

孿生姐妹自學有法　雙雙考入著名大學

【本報訊】安徽一對孿生姊妹日前雙雙拿到北京大學的錄取通知書，她們的母親笑言這一切有賴學校的訓練。她解釋女兒讀小學時，學校正進行「先學後教」的學習計劃，要求學生在家中預先學習授課內容，第二天才回校聽課，兩姐妹由此養成自學的習慣。從小學開始，她們每天都先自習課本，然後一起討論，持之以恆下，她們都取得優異成績，考入一流大學。問到兩姐妹有甚麼讀書的訣竅時，她們都表示學習沒有捷徑，最重要的是平日多積累知識，以及找個好夥伴互相監督、鼓勵和討論。

✪ 向別人請教前，自己要做好怎樣的準備？

13 奇文共欣賞，
疑義相與析。

陶淵明〈移居二首〉（其一）

名言溯源

古文	今譯
昔欲居南村，	從前就想遷往南村，
非為卜其宅；	不是因為占卜到這裏是吉祥之地；
聞多素心人，	而是聽聞這裏有很多心地純潔的人，
樂與數晨夕。	我很樂意與他們朝夕相處。
懷此頗有年，	遷往這裏的心願很久之前就有，
今日從茲役。	今天終於辦好遷居這件事了。
敝廬何必廣，	簡陋的房子又何須寬廣，
取足蔽牀席。	能容納一鋪牀席就足夠了。
鄰曲時時來，	鄰居之間時常往來，
抗言談在昔。	大家坦率無隱地談論往事。
奇文共欣賞，	見到奇妙的詩文共同欣賞，
疑義相與析。	遇到難懂的道理就一起分析。

陶淵明〈移居二首〉
（其一）

小百科

▷ 陶淵明（365-427 年）

陶淵明，名潛，世稱「靖節先生」，東晉詩人。他曾數次出仕，但無法忍受官場黑暗，每次做官的時間都不長，最後一次出仕是在義熙元年（405 年）擔任彭澤縣令。陶淵明上任不久後，一名督郵（監察縣鄉的官員）到縣裏巡視，他每次巡視時都向官員索取錢財，否則便栽贓陷害。下屬勸陶淵明穿戴好官服，帶備禮物去拜見督郵，他斷然拒絕説：「我怎能為了五斗米而向鄉里小人折腰！」然後，上任僅八十一天的陶淵明便毅然辭官歸隱，從此過着躬耕田園的生活。陶淵明的作品多以隱居生活為題，文字質樸清新，情感真摯，多流露守節不阿的高尚情操，著名作品有〈桃花源詩並記〉、〈歸園田居〉五首、〈歸去來兮辭〉等，他也因此有「古今隱逸詩人之宗」的稱譽。

▷ 田園詩

陶淵明被稱為「田園詩鼻祖」，他大部分詩作都是以鄉野景物、農家生活、躬耕勞作等為題材的「田園詩」，如描寫農村閑暇生活的〈飲酒〉（其五）「採菊東籬下，悠然見南山」；表現隱逸之志的〈飲酒〉（其四）「託身已得所，千載不相違」；刻畫躬耕生活的〈歸園田居〉（其三）「晨興理荒穢，帶月荷鋤歸」等等。之後唐代文人如王績、王維、孟浩然等也仿效他，寫下不少田園詩作。中唐以後，田園詩不只描繪鄉野之美，也有揭示農民艱苦生活的，如張籍〈野老歌〉：「苗疏税多不得食，輸入官倉化為土」，就批判了當時官吏對農民的剝削；又如宋代范成大的〈四時田園雜興〉六十首，當中既有寫農家生活的「童孫未解供耕織，也傍桑陰學種瓜」，也有諷刺賦税制度無理的「無力買田聊種水，近來湖面亦收租」，這些田園詩都反映了社會的實況。

名言共賞

提到隱逸名士的代表，大部分人都會想到東晉詩人陶淵明。陶淵明生於戰爭頻繁、政治黑暗的年代，曾為了謀生而數度出仕，後來因為不適應官場的偽詐風氣，在義熙元年歸隱田園。歸隱後，陶淵明在務農之餘，也勤於創作，寫下許多描寫田園生活的詩文，〈移居二首〉（其一）就是其中一首。

這首詩寫於義熙六年，即陶淵明移居南村不久。陶氏移居南村，除了因為舊居毀於火災外，也因為他想與南村裏純潔善良的「素心人」做鄰居。他和這些鄰人交往密切，相處融洽愉快，不但一起談論史事，更**「奇文共欣賞，疑義相與析」，遇到奇妙的詩文就一同欣賞，遇到疑惑難解的道理就一起探討研究，以文會友，這種交流可說是情趣和理趣兼備**。從陶淵明與素心人的交流中可見，這些人才學修養甚高，應該不是普通的農夫，而是與陶淵明志同道合的歸隱文士。

古人求學問，向來都喜與志同道合的友人切磋。《禮記·學記》早就指出「獨學而無友，則孤陋而寡聞」，學習時若不與人交流，只會令知識狹隘，見識短淺。每個人思考的角度和觀點都不同，如在學習時能多與友人討論切磋，就可集思廣益，互相啟發，加深對問題的理解，激發學習的熱情。《論語·學而》的「有朋自遠方來，不亦樂乎？」說的就是有志同道合的朋友從遠方來與自己談論學問是值得高興的事。陶淵明在南村過着清貧簡樸的生活，住在簡陋狹小的房子裏，但也不減他與鄰人賞奇析疑的閑情。這也說明與同道中人研究學問所得到的樂趣，足以抵銷生活中的艱辛。

唐代詩人賈島和韓愈也曾體會這種與人切磋學問的樂趣，以下漫畫就描述了他們互相「推敲」故事：二人在一次偶遇下，討論賈島的詩用「敲」字還是「推」字較理想，最後賈島認為韓愈的意見較有道理，於是欣然採納，二人也因此而成為好友。

來者何人？竟敢衝撞韓愈大人的儀仗隊？

糟了！

小僧無心冒犯韓大人。

韓愈

賈島跟韓愈解釋來龍去脈。

原來如此，真有意思......

我看用「敲」好。敲門聲能以動襯靜，顯得當時更加幽深沉寂。

大人說得對，用「敲」較好！

自此，韓愈與賈島成為了好友，不時討論詩作，互相切磋。

名言活學

「奇文共欣賞，疑義相與析」說明了與人交流切磋，能使人學習有所進益。這種方法在今日仍然適用嗎？它有甚麼值得留意的地方？

小組討論使學生愛上課

【本報訊】台南一所小學在去年開始採用小組討論的形式上社會課，負責的張老師認為學習成效非常顯著。張老師指，以前提問時，大部分學生因擔心自己的觀點不夠完備而被同學取笑，所以都不敢發言。自從把學生分成小組後，他們更樂意與其他同學討論，聆聽別人的意見，修訂和完善自己的觀點，然後主動發表，表現比以前自信得多。張老師表示，由於學生喜愛這一種學習模式，他們上課時會更專注、積極，因此成績進步甚大。去年至今，全班的社會科平均進步了五至八分。

❂ 通過切磋來學習，除了能增進知識，還有甚麼得着？

創意夏令營　重燃師生教與學的熱情

【本報訊】西九文化區 M+ 博物館在這個暑期舉辦創意夏令營，邀請了十多位著名導演、表演藝術工作者擔任導師，通過工作坊和分享會的形式，與百多名中學生一起探討和思考文化生活和藝術。一名修讀視覺藝術的學員坦言，她曾對藝術發展的方向感到迷失，參加了夏令營後，她受導師對藝術的堅持所感動，重燃對藝術的熱情。本身是舞台劇演員的導師表示，她很享受這次和中學生交流的機會，認為學員熱情投入地學習，也喚起了她投身藝術事業的初心。

❂ 晚輩與前輩交流，只有晚輩獲益嗎？

14 書到用時方恨少，事非經過不知難。

《增廣賢文》

名言溯源

古文

書到用時方恨少，
事非經過不知難。

《增廣賢文》

今譯

要在真正運用知識的時候，
我們才會知道書讀得太少。
不是親身經歷過某些事情，
我們不會知道其中的困難。

小百科

▷《增廣賢文》

　　《增廣賢文》是中國古代的兒童啟蒙書籍，又名《昔時賢文》、《古今賢文》，收錄了約八百句優秀的格言、諺語，作者不詳，一般相信是民間創作的結晶。由於書名最早見於明代戲曲《牡丹亭》，因此推斷此書最遲成於明代萬曆年間，後再經過明、清兩代文人增補。清代學者周希陶曾重訂此書，增補達一千七百五十多句諺語，成為現在通行的版本，通稱《增廣賢文》。《增廣賢文》匯集的諺語多是為人處世的經驗之談，不少還體現儒、釋、道等思想，富有哲理，名句如「命裏有時終須有，命裏無時莫強求」、「一寸光陰一寸金，寸金難買寸光陰」等，至今仍廣為大眾引用。

▷ 諺語

《增廣賢文》收錄了不少現在仍然常用的諺語，可說是中國的諺語大全。諺語是民間流傳的俗語，多靠口耳相傳，內容通俗易懂，易於流傳，對人的影響不下於四書五經，例如「留得青山在，不怕沒柴燒」、「新官上任三把火」等，都是民間智慧和經驗的累積，或富教育意義的訓勉。諺語有別於成語，字數相對較多，有時是前後句押韻、對偶，如上述「書到」兩句字數相同，句法相似，平仄相對，容易記誦。

名言共賞

「書到用時方恨少，事非經過不知難」見於《增廣賢文》，是現在常用的諺語。前句勸勉人勤奮學習，指學習不可自滿，否則真正要運用到知識時，就會後悔以往所學太少；後句談到事情實踐的困難，指沒有真正地做過、經歷過事情，不會了解當中的難處。

只看名言的表面意思，前後句只是分別論述讀書和做事的態度，兩者關係看似不大。既然如此，為何要把它們放在一起呢？只要細心分析，就會發現這兩句話其實有緊密的承接關係，它們所強調的是「知行並重」的行事原則。書本（知識）累積了前人經驗和研究成果，我們平日要多讀書（學習）、積學儲寶，才不會有書到用時方恨少的一天。怎樣把所學的知識變得有用呢？那就要通過行動實踐出來。終日空想而不實踐，只會原地踏步，終究一事無成。事非經過不知難，有些事情還得親身經歷，感受其中的艱辛，方能掌握竅門，突破自己。這兩句話，前句提出學習知識（知）的心態，後句論述實踐（行）的重要，不論為學或做人，「知」、「行」均缺一不可。只「知」而不「行」，會淪為紙上談兵；只「行」而不「知」，便沒有足夠的知識去判斷對錯，偶一不慎往錯誤的方向走去，恐怕會一失足成千古恨。

儒家早已提出知行並重的看法，孔子說：「誦詩三百，使之四方，不能專對，雖多亦奚以為？」（《論語•子路》）他明白到古人學習《詩經》，不只以背誦為能，還會把其中的道理應用在生活上，假如不能把所學實踐，即使背誦多少詩句，也是毫無用處，白白浪費。

名言活學

在今天，不少人用「事非經過不知難」來形容人置身事外，不理解個中艱辛。試看看以下一則材料，想想有哪些重大的發現與發明是一蹴而就，不用下苦功就能獲得成功的？

發現化學元素周期規律的第一人

世界上第一張化學元素周期表是由俄國化學家門捷列夫所發現，他從學生時代起，已經對化學元素之間的關係很感興趣，並利用課餘時間來研究。任教大學時，門捷列夫認為當時已知的元素結構的排列次序混亂非常，於是他嘗試分類和重新排列。據說有一天，門捷列夫因為經過連夜研究，不堪疲憊，於是在書房的沙發上睡着了。在夢中，一個已排列好的元素周期表浮現在他的眼前，激發了他的靈感。因為這個的故事，後來人們提及門捷列夫的成就，總是戲稱他這個天才的發現是在夢中實現的，把一切歸功於「夢中的偶然」，卻沒有多少人留意到，其實他花了共二十年的時間，才研究出這個元素周期規律。

✪ 世上有沒有「偶然的成功」？我們是否也曾輕視別人成功背後所付出的努力？

15 黑髮不知勤學早， 白首方悔讀書遲。

顏真卿〈勸學〉

名言溯源

<table>
<tr><td>古文</td><td>今譯</td></tr>
<tr><td>
三更燈火五更雞，
正是男兒讀書時。
黑髮不知勤學早，
白首方悔讀書遲。
顏真卿〈勸學〉
</td><td>
三更還挑燈夜讀，五更雞啼便醒來，
這就是男子讀書最好的作息時間。
年輕時若不知道要及早勤奮學習，
老來才後悔，想要讀書已經太遲。
</td></tr>
</table>

小百科

▷ 顏真卿（709-784 年）

　　顏真卿，字清臣，京兆萬年人（今陝西西安），唐代著名書法家。他在玄宗開元二十二年（734）中進士，曾任監察御史，因平反了河東、隴州一帶的冤案而受百姓稱頌。顏真卿為人正直不阿，曾因直言進諫，得罪了宰相楊國忠而被貶至平原，及後他抵抗安史叛軍有功，獲封魯郡公，人稱「顏魯公」。德宗建中四年（783），淮西將領李希烈發動兵變，宰相盧杞因嫉恨顏真卿，便奏請德宗派顏真卿前往淮西，向李希烈招降。期間，顏真卿多次遭李希烈威逼利誘，仍然毫無懼色，更嚴厲叱責李希烈，最終被

他縊死，謚號「文忠公」。顏真卿除了是一代忠臣，還是一位傑出的書法家，他的書法精妙，擅長行書、楷書，創「顏體」書體，與歐陽詢、柳公權、趙孟頫合稱「楷書四大家」。他也擅詩文，有〈勸學〉、〈詠陶淵明〉、〈祭姪文稿〉等作品傳世，獲編成《顏魯公文集》。

▷ 古代的時制

古人把一天劃分為十二個時辰，各有專稱。轉換成現代的時制，一個時辰約是現在兩小時。古人把黃昏至破曉劃分為戌、亥、子、丑、寅五個時辰，稱為五「更」。每到一更，巡更人就會打鼓報時。我們常說「三更半夜」的三更就是「子時」，即晚上十一時至凌晨一時，是多數人就寢休息的時間。〈勸學〉勸勉讀書人在三更休息，五更 (凌晨三時至五時) 便要起牀讀書，足見古人為了讀書而晚睡早起的勤奮態度。

古代時辰名稱及別稱

名言共賞

　　與求學有關的名言，大都是訓勉人刻苦學習、發奮向上，顏真卿〈勸學〉一詩也不例外。詩人在開首就表明學習的作息安排應當是每天夜讀至三更才休息，五更就起牀繼續讀書，可見挑燈夜讀、手不釋卷是詩人認為理想的求學方法。顏真卿寫下〈勸學〉，勸人發憤苦讀，這可說是他的個人寫照。詩人兒時家貧，沒錢買紙張墨硯，便以筆蘸黃泥水，在牆上勤練書法，同時勤奮苦讀，長大後不僅高中進士，還成為著名的書法家。

　　〈勸學〉圍繞「勤」的主題，勸勉有抱負的讀書人及早用功，**還指出懶惰帶來的害處：「黑髮不知勤學早，白首方悔讀書遲。」**一般人在少年時學習能力較好，從小用功學習，較易有所成就；老來才發奮，難免事倍功半。詩人藉此詩寄語年輕人珍惜光陰，努力讀書，免得將來有「少壯不努力，老大徒傷悲」的遺憾。

　　儒家向來也主張學習應該刻苦勤奮，孔子曾言：「發憤忘食，樂以忘憂，不知老之將至云爾。」（《論語・述而》）他認為學習時應該投入至忘記進食，忘卻煩憂，甚至不察覺自己日漸變得衰老。荀子也認為「學不可以已」（《荀子・勸學》），學習不能停止，要孜孜不倦，才能青出於藍，超越前人。這種不容懈怠的學習精神訓勉着歷代士人力求上進，發憤圖強。戰國時懸梁刺股的蘇秦、西漢時鑿壁偷光的匡衡等，也是勤奮好學的代表。

　　把刻苦的學習態度用在面對逆境之上，還有助修養品性、鍛煉意志。根據《論語・雍也》記載，孔子的弟子顏回平日只吃一簞（圓形的竹器）飯，喝一瓢（以「瓠」剖成兩半的盛器）水，住在簡陋的窮巷中。一般人過着這樣的生活，恐怕只會憂慮終日，難以忍受，甚至為非作歹，做出有損德行的事，但顏回卻安守本分、安貧樂道，孔子稱讚這就是賢德的表現。可見不論是求學或修身，勤奮和刻苦都是成功的根本。

名言活學

　　古人認為不趁年輕多讀書，就會錯失學習的良機，這種想法還適用於現代社會嗎？

挑戰自我擴闊眼界　工作假期大受歡迎

【本報訊】近年愈來愈多年輕人參加工作假期，希望能在外國一邊工作，一邊享受旅遊的樂趣。曾在愛爾蘭逗留一年的張善雅表示，這次工作假期讓她十分難忘。她曾在一所客戶服務中心工作，認識來自不同國家的人，了解各國文化，也對別人怎樣看中國有更深刻的認識。另外，她還遍遊當地名勝，踏足宏偉的堡壘、走訪過綿羊滿佈的山頭、靜坐在懸崖邊欣賞拍岸波濤……她認為這些體驗都難以從書本獲得，令人畢生難忘。

✪ 在學校讀書是否求取學問、開闊眼界的惟一途徑？

舉辦長者學苑　長者重返校園

【本報訊】政府在 2007 年與教育機構合作，開辦「長者學苑計劃」，鼓勵長者終身學習，也讓教育水平較低的長者一圓學習夢。主辦機構在過百所中、小學及七間大專院校裏開設適合長者就讀的課程，課程涵蓋學術、宗教、健康、音樂等範疇，每年有超過一萬人次修讀。參與計劃的長者在完成課程後均可獲頒進修證書。近年主辦機構不斷推出新課程，如舉辦「樂為耆師」課程，培訓年長學員成為專業導師；開辦「幼兒照顧訓練課程」，指導長者照顧家中幼童，讓他們在退休後也能增進知識，充實自己。

✪ 年齡是妨礙學習的主要原因嗎？

美 文 欣 賞

【導讀】以下節錄了〈書齋‧書災〉的前半部分，作者以幽默的方式訴說自己理書看書買書及文友間借書還書的體驗。讀這篇文章時，除了可欣賞其中精彩的比喻、詼諧的表達外，更重要是感受文字背後的情蘊──縱然作者抱怨「書到用時方恨少」、「鉛字為禍」，又嫌棄整理書本麻煩耗時；面對借書不還的朋友，只能無奈地稱他們為「雅賊」、「雅盜」，也為自己做過同樣的事而調侃一番……然而，這一切都無損作者買書借書的雅興，及與文友交流的意趣。幽默與戲謔背後，那些源自書本的所謂煩惱和災難，都不過是這位熱愛閱讀的文壇大家鍾情書本、渴求學問的最有力證明。

書齋‧書災（節錄）

余光中

物以類聚，我的朋友大半也是書呆子。很少有朋友約我去戶外戀愛春天。大半的時間，我總是與書為伍。大半的時間，總是把自己關在六疊之上，四壁之中，製造氮氣，做白日夢。我的書齋，既不像華波爾（Horace Walpole）中世紀的哥特式城堡那麼豪華，也不像格力拔街（Grub Street）的閣樓那麼寒酸。我的藏書不多，也沒有統計，大約在二千冊左右。「書到用時方恨少」，花了那麼多錢買書，要查點甚麼仍然不夠應付。有用的時候，往往發現某本書給朋友借去了沒還來。沒用的時候，它們簡直滿坑，滿谷；書架上排列得整整齊齊的之外，案頭，椅子上，唱機上，窗台上，牀上，牀下，到處都是。由於為雜誌寫稿，也編過刊物，我的書城之中，除了居民之外，還有許多來來往往的流動戶口，例如《文學雜誌》，《現代文學》，《中外》，《藍星》，《作品》，《文壇》，《自由青年》等等，自然，更有數以百計的《文星》。

「腹有詩書氣自華」。奈何那些詩書大半不在腹中，而在架上，架下，牆隅，甚至書桌腳下。我的書齋經常在鬧書災，令我的太太，岳母和擦地板的下女顧而絕望。下女每逢擦地板，總把架後或牀底的書一股腦兒堆在我床上。我的岳母甚至幾度提議，用秦始皇的方法來解決。有一次，在颱風期間，中和鄉大鬧水災，夏菁家裏數千份《藍星》隨波逐流，待風息水退，乃發現地板上，廚房裏，廁所中，狗屋頂，甚至院中的樹上，或正或反，舉目皆是《藍星》。如果廈門街也有這麼一次水災，則在我家，水災過後，必有更嚴重的書災。

你會說，既然怕鉛字為禍，為甚麼不好好整理一下，使各就其位，取之即來呢？不可能，不可能！我的答覆是不可能。凡有幾本書的人，大概都會了解，理書是多麼麻煩，同時也是多麼消耗時間的一件事。對於一個書呆子，理書是帶一點回憶的哀愁的。喏，這本書的扉頁上寫着：「一九五二年四月購於台北」（那時你還沒有大學畢業哪！）。那本書的封底裏頁，記着一個女友可愛的通信地址（現在不必記了，她的地址就是我的。可歎，可歎！這是幸福，還是迷惘？）。有一本書上寫着：「贈余光中，一九五九年於愛奧華城」（作者已經死了，他巍峨的背影已步入文學史。將來，我的女兒們在文學史裏讀到他時，有甚麼感覺呢？）。另一本書令我想起一位好朋友，他正在太平洋彼岸的一個小鎮上窮泡，好久不寫詩了。翻開這本紅面燙金古色古香的詩集，不料一張葉脈畢呈枯脆欲斷的橡樹葉子，翩翩地飄落在地上。這是哪一個秋天的幽靈呢？那麼多書，那麼多束信，那麼多疊的手稿！我來過，我愛過，我失去──該是每塊墓碑上都適用的墓誌銘。而這，也是每位作家整理舊書時必有的感想。誰能把自己的回憶整理清楚呢？

何況一面理書，一面還要看書。書是看不完的，尤其是自己的藏書。誰要能把自己的藏書讀完，一定成為大學者。有的人看書必借，借書必不還。有的人看書必買，買了必不看完。我屬於後者。我的不少朋友屬於前者。這種分類法當然純粹是主觀的。有一度，發現自己的一些好書，甚至是絕版的好書，被朋友們久借不還，甚至於久催不理，我憤怒地考慮寫一篇文章，聲討這批雅賊，不，「雅盜」，因為他們的罪行是公開的。不久我就打消這念頭了，因為發現自己也未能盡免「雅盜」的作風。架上正擺著的，就有幾本向朋友久借未還的書——有一本論詩的大著是向淡江某同事借的，已經半年多沒還了，他也沒來催。當然這 ❷ 麼短的「僑居」還不到「歸化」的程度。有一本《美國文學的傳統》下卷，原是朱立民先生處借來，後來他料我毫無還意，絕望了，索性聲明是送給我，而且附贈了上卷。在十幾冊因久借而「歸化」了的書中，大部分是台大外文系的財產。它們的「僑齡」都已逾十一年。據說系圖書館的管理員仍是當年那位女士，嚇得我十年來不敢跨進她的轄區。借錢不還，❸ 是不道德的事。書也是錢買的，但在「文藝無國界」的心理下，似乎借書不還是一件不值一提的事了。

除了久借不還的以外，還有不少書——簡直有三四十冊——是欠賬買來的。它們都是向某家書店「買」來的，「買」是買來了，但幾年來一直未曾付賬。當然我也有抵押品——那家書店為我銷售了百多本的《萬聖節》和《鐘乳石》，也始終未曾結算。不過我必須立刻聲明，到目前為止，那家書店欠我的遠少於我欠書店的。我想我沒有記錯，或者可以說，沒有估計錯，否則我不會一直任其發展而保持緘默。大概書店老闆也以為他欠我較多，而容忍了這麼久。

【導讀】勸人「開卷有益」的説理文章很多，陳黎用了活潑生動的文筆，通過一隻老鼠自述的故事，帶出「書中自有黃金屋」的道理。文章的主旨是顯然易見的：以鼠喻人，帶出堅持「咬文嚼字」、探索書中滋味，便能自得其樂，對抗俗世的拜金風尚。讀者如果像主人翁金寶一樣，只把故事「咬」一口，或會認為文章中的比喻和道理都很淺白，然而「細嚼」下去，便會發現文章其實意味深長，單是文首老師對小老鼠簡單直接的訓誨：「刷牙是人們的事，聰明的老鼠都應該知道保護牙齒最有效、最直接的方法就是咬！」已十分耐人尋味——上天賜予「我們」一副利齒，應該怎麼運用？把文章「咬」下去，多「咀嚼」幾遍，看你有甚麼收穫？

老鼠金寶

陳黎

在我讀幼稚園時，我的老師就告訴我：「金寶，好好保護你的牙齒，做為一隻老鼠，沒有甚麼比咬更重要的了！」開學第一天，每隻老鼠都發一支牙刷一條牙膏，當大家都笨手笨腳不知道怎麼擠弄牙膏的時候，老師大笑地説：「孩子們，刷牙是人們的事，聰明的老鼠都應該知道保護牙齒最有效、最直接的方法就是咬！」那一天，我只咬下了牙刷邊邊的一根毛，回家以後牙齒痛得像針刺一樣。

但這並不能阻止我對咬的追求。課本上有一句話説得好：「吃得苦中苦，方為鼠上鼠。」不咬東西的老鼠算甚麼老鼠啊，那不就像生為貓而不會抓老鼠一樣可笑嗎？學生時期的我曾經因為太用功而兩次咬斷了自己的牙齒，但「金寶是最勇敢的老鼠」的消息卻從此傳開了。畢業考試那天，我不但毫不費力地把三條牙膏的鐵皮咬得像碎紙一樣，並且還把校長室的牆壁咬破一個大洞。

　　離開學校後，我被分發到銀行界服務。我們鼠輩自然多半是上夜班。每當夜深人靜，商店行號紛紛打烊的時候，我的朋友們便從陰暗的角落擁向各自工作的場所。就像世上的人們一樣，我的朋友們也喜歡追逐那些甜的、軟的，容易咬嚼，不需要甚麼頭腦即可消化的東西。因此，大街上那兩三間糖果店、麵包店就成為他們競相前往的天堂了。好幾次，我聽到轉角賣捕鼠器的老頭嚇他的孫子說：「你再吃糖，當心老鼠咬斷你的牙齒！」

　　我卻不曾迷戀那些柔軟甜蜜的東西，我追求更永恆、實在的財富。錢？是的，銀行裏多的是錢。我也曾跟着我的同事們不眠不休地咬食一把一把巨額的鈔票，但到頭來，總覺得只是一堆大同小異的數目字在肚子裏反覆地滾來滾去。生命難道只能這樣嗎？我不願我的牙齒成為咬紙的機器。我開始退到那棟大建築物角落的小房間裏，在清寂的午夜獨自啃齧那一枚枚星光般璀璨、堅實的硬幣。

　　生命誠然是短暫而又叫人驚訝的。我的同胞中頗多因咬了甚麼老鼠藥而突然離開這個塵世的。但沒有甚麼毒藥、陷阱能減低我對偉大、新奇事物的熱情。我曾經咬過最硬的金塊、銀塊，也曾經吃過那一觸即溶的棉糖、冰淇淋。我曾經在一大堆發臭的垃圾中鑽研翻尋，也曾經潛入香肉店品嘗那紅豔欲滴的香腸（有些據說還是老鼠肉製成的！）。前兩個禮拜我溜進一家書店，那些像山一樣高的書的確嚇了我一跳。我本來以為印在紙上的東西都跟鈔票一樣單調無奇，沒想到咬了幾頁以後，卻發覺書中另有一番滋味。這使得我一有空便想往書裏頭鑽。那些英文書似乎比較乏味，總是幾個字母重複排來排去，但中文就有趣多了。有一次肚子餓得急，翻開書見到「餓」那個字，馬上撲過去一口把左邊的「食」字咬掉，回頭一看，沒想到「我」就站在那裏！又有一次在

漆黑的夜裏咀嚼黑暗的「暗」字，吃着吃着，聽見有聲音自「暗」中發出，連忙張大嘴巴，用力把那些窸窸窣窣的聲音吞掉，等一切都回復寂靜的時候，黑暗的夜裏居然溜進了日光！最奇妙的是咬《動物百科》那本書的經驗了。有一個動物初見時嚇得我拔腿就想跑，驚魂稍定後，想到那只是一個「字」，就大膽把它吃下去了——吃到最後還有草的味道呢。這個字你不怕，我怕——就是「貓」哪！

開卷有益。他們不是都這麼説嗎？書中自有顏如玉，書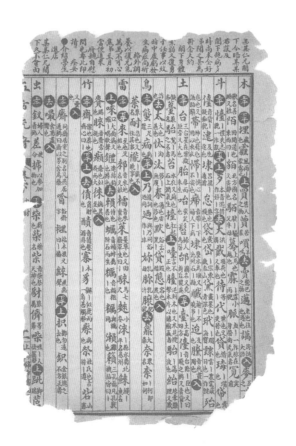中自有我金寶。我是老鼠，我要咬文，我要嚼字。

【導讀】優秀的說明文，大都兼備理趣和情味，本文便是一個好例子。作者追本溯源，深入淺出地剖析人們經常錯用的成語，展露豐厚的中文素養，可說是給讀者一次「疑義相與析」的示範。文章不但清楚闡釋別字謬誤，還把詞語的意思連繫至個人所見所感，延續「鶼鰈情深」的探討，巧妙地為文章增添一點情味。

「鶼鰈」與「鰜鰈」誰的情深？

徐國能

美國前總統雷根近日逝世，高壽九十三歲。雷根一生充滿傳奇，他結束了美蘇間的冷戰關係，也曾遭到暗殺，最近媒體對於他的報道，總以「鶼鰈情深」來形容他與夫人南西的感情，不過有時電視字幕會寫成「鰜鰈情深」，孰是孰非，值得釐清。

兩句成語中都有的「鰈」字，讀音「ㄉ一ㄝˊ」（按：漢語拼音 dié），是比目魚的古稱，我國文獻很早就有比目魚的記錄，春秋時代管仲所作的《管子》一書中便有記載，說古之王者將行「封禪」（祭告天地的大典）之時，東海有人進貢比目魚。我們現在都知道比目魚是潛臥於海底的一種魚類，兩眼生於身體的同一側，日本料理中也有比目魚握壽司，但比目魚卻與男女感情有甚麼關係呢？原來我國《爾雅》這部最早的字典中解釋「鰈」字，說牠是「不比不行」的一種魚，一定要兩條魚緊貼着對方才行動，因此用以形容男女的相依相偎之態，引申為感情的親密。至於「鶼」與「鰜」都讀成「ㄐ一ㄢ」（按：漢語拼音 jiān），「鰜」是比目魚的一種異名；而「鶼」則是我國傳說中的鳥類，生於南方（一說在西方），每隻鳥只有一眼一翅，因此要聯合另一隻鳥才得飛

行，白居易〈長恨歌〉裏説的「在天願為比翼鳥」，就是指這種動物。

從意思上説，好像「鶼鰈情深」或「鰜鰈情深」都可以通，前者是「像比翼鳥與比目魚那樣相依相偎」，後者則是「像比目魚那樣相依相偎」。不過歷來文獻，都只有「鶼鰈」而無「鰜鰈」連用之例，如《文心雕龍‧封禪》云：「西鶼東鰈，南茅北黍」；又如清代龔自珍的〈己亥雜詩〉也説：「事事相同古所難，如鶼如鰈在長安」。因此以「鶼鰈」指情深已是通例，「鰜鰈」則可能是因為字型相似的誤用了。

我一直覺得以「鶼鰈」來形容夫妻之情是浪漫而貼切的，夫妻除了相愛，更重要的是彼此扶持、互相照應的生活方式，少了對方的支持宛如鳥失一翼，人生之路便有行不得也的困境。還記得雷根槍傷，急救過程中南西堅定地相信夫婿終將平安，她曾説：「女人就像茶包，水深火熱才能散發芬芳」，機智不輸雷根，而他們相知相惜地走盡人生，實不愧「鶼鰈」之喻。

思考點

1. 作者説他的書齋常鬧「書災」，甚麼是「書災」？作者能解決這些「災難」嗎？為甚麼？

2. 「僑居」和「歸化」分別指甚麼？

3. 作者説「借錢不還，是不道德的事。」隨即又説：「書也是錢買的，但在『文藝無國界』的心理下，似乎借書不還是一件不值一提的事了。」為甚麼作者這樣説？

4. 文中「咬」的行為和「甜的、軟的，容易咬嚼，不需要甚麼頭腦即可消化的東西」分別象徵甚麼？

5. 金寶咬過書本後，發現書中有「另有一番滋味」，這是甚麼「滋味」？

6. 〈書齋・書災〉和〈老鼠金寶〉的作者對書和金錢的看法有甚麼相似之處？

7. 〈「鶼鰈」與「鰊鰈」誰的情深？〉用了甚麼方法説明「鶼鰈」之喻？這樣寫有甚麼好處？

8. 文章首段和尾段都提到雷根夫婦，這對文章的表達起了甚麼作用？

參考答案見 216 頁

世態人情

16 投我以桃，報之以李。

《詩經・大雅・蕩之什・抑》

名言溯源

古文

辟爾為德，
俾臧俾嘉。
淑慎爾止，
不愆於儀。
不僭不賊，
鮮不為則。
投我以桃，
報之以李。
彼童而角，
實虹小子。」

《詩經・大雅・蕩之什・抑》
（節錄）

今譯

　　以你的品德為榜樣，
使(自己的)品德盡善盡美。
　　行為舉止要謹慎，
　　不要有失於威儀。
　　不做錯事不害人，
　　很少不為人仿效
　　有人送贈我桃子，
　　我用李子來報答。
　　胡說童羊頭上長角，
分明是有人造謠，欺騙你這小夥子。

114

小百科

▷《詩經》

　　《詩經》是中國最早的詩歌總集，搜集了西周至春秋中期的詩作，現存 305 首，大部分作者已不可考，另 6 首僅有題目而無內容。《詩經》最初稱《詩》或《詩三百》，至西漢被奉為儒家經典後，才有《詩經》之稱。《詩經》所收詩歌題材廣泛，有勞動、愛情、戰爭、風俗、饗宴、地貌、動植物等，反映了周代的社會面貌。這些詩歌根據樂曲類型分為「風」（民間詩歌）、「雅」（宮庭宴享或朝會的音樂，按時期分為大雅和小雅）、「頌」（祭祀宗廟的舞曲）；根據表達手法，則分為「賦」（直接陳述描寫）、「比」（用一個事物比喻另一個事物）、「興」（先提及一個事物，然後引出要講述的內容），這三種手法與「風、雅、頌」合稱為「詩六義」。

　　古代很多重要的場合，如外交、典禮、饗宴等都會引用《詩經》來美化辭令、委婉地表達情意。孔子對《詩經》的評價很高，認為《詩經》具「興」（抒發情志）、「觀」（觀察社會和自然）、「羣」（團結羣眾）、「怨」（諷刺）四個教化作用，所以有「不學《詩》無以言」的說法。

▷《詩經•大雅•蕩之什•抑》

　　《詩經•大雅•蕩之什•抑》相傳是西周末年衛武公所寫的一首政治諷諫詩。當時政局動盪，周天子其身不正，地位滑落，諸侯都不聽從他的命令。衛武公眼見禮樂崩壞，於是寫了這首詩，表面上自勉自勵，實際上以「小子」比喻周天子，委婉地規勸他改善施政，修德守禮，謹言慎行。

名言共賞

　　《詩經・大雅・蕩之什・抑》是衛武公用來諷諫周天子的詩，其中「投我以桃，報之以李」運用了《詩經》常見的「比」，以桃、李比喻良好的品德和行為，指出若周天子能以身作則，修養品德情操，改善施政，向百姓投之以「桃」，定能感化他們報之以「李」，人人守禮和睦，天下太平。隨着時代改變，「投我以桃，報之以李」的含意演變成人與人之間友好的交往或相互饋贈，有禮尚往來的意思，並簡化為「投桃報李」這個成語。

　　投桃報李的行為反映了中國人重視禮儀的一面。《禮記・曲禮上》記載：「禮尚往來。往而不來，非禮也；來而不往，亦非禮也。」別人以禮相待，我們也應以禮回報，這樣才合乎禮節。那麼，禮物的價值重要嗎？有云：「千里送鵝毛，物輕情意重。」送禮是用來表達謝意、敬意的行為，我們重視的是送禮者的心意，不應着眼於禮物價格的高低或其珍稀程度。至於所報之「李」，不一定是實物的送贈，也可以是行為上的報答。

　　西漢名將韓信還未發迹時，常在河邊釣魚充飢，經常因釣不到魚而捱飢抵餓，幸好得到一名家境僅夠糊口的老婆婆送飯救濟，才不致餓死。後來，韓信效力漢高祖有功，封為齊王，他並沒有忘記老婆婆的一飯之恩，於是命人送贈佳肴與黃金給老婆婆，答謝她的恩惠。韓信之舉，不只是為了答謝老婆婆當日所贈的一碗飯，更是為了報答婆婆在他貧困時扶他一把的恩情，這就如清代《增廣賢文》訓誨的「涓滴之恩，當以湧泉相報」一樣。這一種投桃報李的體現，還蘊含了飲水思源、知恩圖報的精神。

名言活學

「投我以桃，報之以李」反映了中國人重視禮儀的一面。試閱讀以下新聞，想想送禮時有甚麼要留意或反思的地方。

送禮未顧及需要　善心造成浪費

【本報訊】不少人探訪老人院時會贈送圍巾、米糧等禮物給長者，有長者表示他在近期的探訪活動中，收到近二十條由不同義工贈送的圍巾。他表示這些禮物很多也用不着，寧願義工多花時間跟自己聊天。有老人院負責人表示，每逢節日，慈善團體都會送上各式應節食品，例如中秋月餅、端午粽子等，由於這些食品的保質期不長，也不適合有健康問題的長者食用，所以每次都無法吃光，最終只能丟棄，造成浪費。

★ 送禮物時應該先考慮甚麼？

17 老吾老，以及人之老；幼吾幼，以及人之幼。

《孟子·梁惠王上》

名言溯源

古文

老吾老，以及人之老；幼吾幼，以及人之幼。天下可運於掌。《詩》云：「刑于寡妻，至于兄弟，以御于家邦。」言舉斯心加諸彼而已。故推恩足以保四海，不推恩無以保妻子。古之人所以大過人者，無他焉，善推其所為而已矣。

《孟子·梁惠王上》

（節錄）

今譯

尊敬自己的長輩，從而推廣到尊敬別人的長輩；愛護自己的子女，從而推廣到愛護別人的子女。統一天下就像在手掌中轉動東西般容易。《詩經》說：「先給妻子做榜樣，然後影響兄弟，進而推廣到封邑和國家。」這句話的意思是把這樣的用心擴大到其他地方去。因此把恩惠推廣開去就足夠安定天下；不把恩惠推廣開去就連妻兒都無法保護。古代賢明的君主之所以超越一般人，沒有其他原因，是因為他們善於推廣良好的行為罷了。

小百科

▷《孟子・梁惠王上》

  《孟子・梁惠王上》是《孟子》的開章，共有七篇，記載了孟子游說梁惠王、梁襄王和齊宣王時的對話，文中運用了不少比喻和寓言來說明道理，部分更成為今天常用的成語，例如「五十步笑百步」、「引領而望」、「明察秋毫」、「緣木求魚」等等。上文節錄自《梁惠王上》第七章，記述孟子游說齊宣王施行仁政的經過。孟子先以齊宣王不忍心牛隻因面臨屠宰而顫抖，於是命人以羊代牛一事，說明齊宣王有仁愛之心，擁有施行仁政的條件，然後論證以武力和霸道治國並不可行，並向齊宣王描述施行仁政後的理想社會。全文層層遞進，由淺入深地闡述推行仁政的好處。

▷ 齊宣王（約公元前 350-前 301 年）

  齊宣王，本名田辟疆，戰國時期齊國國君。根據《史記・田敬仲完世家》記載，齊宣王喜愛文學游說之士，曾招攬學者到稷下學宮（齊國的高級學府）作客。慕名而來的學者有七十六人，他們被封為上大夫，賜予府宅，不用擔任官職，可以自由議論。後來，學宮招來的學者愈來愈多，鼎盛時期接近一千人，孟子也在這裏長居了三十多年。齊宣王廣開言路，招賢納士，儒、墨、道、法、陰陽各家學者都在學宮專心著書立說，百家爭鳴，使當時學術文化交流的風氣十分興盛。

名言共賞

戰國時期，各國戰事不斷，孟子認為君主要施行仁政才能統一天下。他周遊列國，到處游説君主採納他的「仁政」主張。《孟子‧梁惠王上》就記載了一段孟子與齊宣王討論仁政的對話。孟子認為施行仁政的首要條件是擁有仁愛之心，他從以羊易牛一事證明齊宣王有仁愛之心，有能力推行仁政，只是他不願做而已。接着孟子指出推行仁政的第一步是推恩，做到「老吾老，以及人之老；幼吾幼，以及人之幼」，把尊敬自己長輩的心推廣至其他長輩，把愛護自己孩子的心推廣至其他孩子。君主只要把仁愛之心推廣至天下百姓，做到「推恩」，也就能掌握江山了。

孟子的「仁政」理念來自孔子「為政以德」的思想。孔子把「仁」(愛人)的思想推廣到政治層面，主張「為政以德」，由擁有高尚品德和情操的「仁者」來治理國家，以道德教化為治國原則。孔子認為只要統治者有良好修養，樹立良好榜樣，就能令天下人仿效和歸順。這樣，在不需要使用武力的情況下，也能統一天下。後來孟子進一步發展這種理念，他認為人性本善，「惻隱之心，人皆有之」，當君主把惻隱之心推展出去，就會事事以百姓福祉為先，施行有利民生的措施。孟子還提出多項利民的措施，包括輕徭薄賦、分配土地給百姓耕作，使百姓自給自足、安居樂業；興辦學校，教育百姓孝順父母、敬愛兄弟，使人民互助互愛，和睦共處，這樣天下就能平定。

以下漫畫描述德蘭修女身體力行助弱扶貧，做到「老吾老以及人之老，幼吾幼以及人之幼」，受到世人稱頌。德蘭修女窮大半生服務印度貧民區加爾各答的窮人，在資金短缺、疾病橫行的惡劣環境下，她一直無怨無悔地照顧弱勢社羣，獲得「加爾各答的天使」的美譽，不少人更以德蘭修女為榜樣，履行她的志願，繼續為貧民服務，把仁愛的行為延續下去。

1940 年代初，德蘭修女在印度加爾各答一所貴族女校當校長。

幾年後，大量難民湧入加爾各答，到處一片慘淡景象。

後來，德蘭修女成立了博濟會，改穿白布鑲藍邊的修女服，繼續幫助窮人。

有一天，德蘭修女把一個垂死的老婦送到醫院，

起初遭到院方拒絕。

名言活學 ✍

若如孟子所說，每個人都能關懷老弱幼小，社會便會充滿仁愛。看看以下報道，想一想這種看法有沒有值得反思的地方。

▌陌生人變「親人」 少男與老婦建立祖孫感情 ▌

【本報訊】陳婆婆是獨居老人，她不時坐在居所附近的診所前乘涼。診所門前有一個推銷健身課程的攤檔，兩個男生每天在攤檔前派發傳單。有一次，陳婆婆好奇地問他們在做甚麼，他們明知陳婆婆不會光顧，但也耐心地向她解釋。自此，三人漸漸熟絡起來，陳婆婆不時請男生吃零食，而男生會買蛋糕跟婆婆慶祝生日。陳婆婆直言：「我把他們都當成孫兒了！」兩名男生或因祖母離世，或因太祖母記憶衰退，未曾享受過祖孫之間的天倫樂，而這些與陳婆婆相處的日子就令他們找回難得的「祖孫樂」。

✪ 關懷老弱幼小難以做到嗎？應該怎樣踏出第一步？

富翁體驗貧窮生活　願為扶貧出力

【本報訊】陳家駿是飲食集團董事，年薪過千萬，自從參加電視節目《富翁變窮了》後，他開始關心基層市民的生活。在節目中，他任職只領最低工資的清潔工人，每天只有五十元可用，他只好硬着頭皮到社區飯堂吃「十元飯」。他在飯堂與人閒聊時得知一個三口家庭每月只有四百元生活費，全家整年沒吃過牛肉。陳家駿坦言他沒有想過在國際大都會裏，竟然有人活得如此艱苦。經過這次體驗後，他決定在旗下食店推出「代用飯券」，免費提供飯盒給有需要的市民，並加入扶貧委員會，為基層市民發聲。

✪ 要親身體驗弱勢社羣的生活，才能明白他們的苦況嗎？我們還有甚麼方法可以幫助他們？

18 染於蒼則蒼，
##　　染於黃則黃。

《墨子‧所染》

名言溯源

古文

　　子墨子言見染絲者而歎，曰：「染於蒼則蒼，染於黃則黃。所入者變，其色亦變；五入必，而已則為五色矣。故染不可不慎也！」

　　非獨染絲然也，國亦有染。

《墨子‧所染》(節錄)

今譯

　　墨子看到漂染絲綢的人而感歎，説：「絲綢染了青色染料就會變成青色，染了黃色染料就會變成黃色。染料改變，絲的顏色也會隨之改變；經過五次染色後，絲便會變成五種顏色。因此，染絲時不可以不謹慎！」

　　不僅染絲是這樣，治國也如染絲一樣。

小百科

▷ 墨子 (約公元前 468-前 376 年)

　　墨子是墨家的代表人物，他是戰國初期的政治家，也是史上惟一農民出身的著名思想家，有「布衣之士」之稱。有關墨子的真實姓名説法不一，較普遍的説法是墨子姓墨名翟，《呂氏春秋》、《史記》等均有記載。《淮南子‧要略》載：「墨子學儒者之業，受

孔子之術。」指墨子曾受學儒家，但因其思想與儒家講求禮節和制度等主張背道而馳，於是脱離儒家，另立新的學説。墨家在戰國時期廣受重視，與儒家齊名，後來因漢武帝獨尊儒術才逐漸沒落。在政治上，墨家的重要主張包括「節用」和「兼愛非攻」，墨者經常抨擊君主貴族奢侈浪費，宣揚仁政，反對戰爭，強調愛人如己，認為只要做到沒有等差地愛護別人，就不會有欺凌詐騙之事，各國之間也不會互相攻伐。

《墨子 • 所染》

《墨子》是墨家經典著作，記載了墨子及其後學的思想。學術界對於此書的作者是誰頗有爭議，普遍相信《墨子》並非全部出自墨子之手，部分為其弟子或墨家後人所撰。據《漢書》所述，《墨子》本有七十一篇，其中十八篇散佚，所餘五十三篇中有八篇有目無文。全書分為三部分：《墨經》、《墨論》和《雜篇》，其中〈尚賢〉、〈尚同〉、〈兼愛〉、〈非攻〉等十篇統稱「十論」，記錄了墨家主要的思想。《墨子》以「意顯而語質」見稱，即意思顯淺、語言質樸，而且重視邏輯和推理論證。〈所染〉是《墨子》的第三篇作品，文章以染絲作比喻，説明君主須親賢遠佞，人亦須謹慎擇友，反映了墨子的治國觀和交友觀。

古文中的着色詞

古人描述顏色的字詞豐富，例如「染於蒼則蒼，染於黃則黃」中，蒼和黃分別指青色和黃色。即使是描述同一色系，古人也會用上不同的着色詞，如用「朱」、「丹」形容紅色，朱指深紅色，杜甫詩句「朱門酒肉臭」的朱門便指有錢人家的深紅色大門；「丹」是紅中帶黃的顏色，如「丹楓」指橘紅色的楓葉；形容黑色，則有「玄」、「黝」、「黛」，《韓非子》「有玄雲從西北方起」的「玄雲」便解作烏雲，而玄、黝、黛三者色澤又各有分別——玄是黑中帶紅之色，黝、黛則是深淺不同的黑青色。

名言共賞 📖

關於人生，人們曾構想過千百種比喻來形容它，常見的是把人生比喻為「大染缸」。原來這個比喻早見於二千多年前的《墨子•所染》，「染於蒼則蒼，染於黃則黃」一句，作者以顏色比喻環境，絲比喻人，染絲的過程則比喻人被環境影響而有所改變，並由此推論出治國之道：君主親近賢臣會成為賢君，接近小人則會變成昏君。

前文節錄自〈所染〉的開首，以染絲作比喻，後文更以一連串事例說明君主如何受臣子所「染」（「國亦有染」），或建國興邦、或衰敗亡國：周武王有姜子牙、周公相助，成為仁義的君主，揚名天下；齊桓公得到管仲、鮑叔牙等良臣協助而成為霸主；相反，商代紂王有崇侯虎、惡來等「劣質染料」，結果國家滅亡，自己亦遺臭萬年。作者不但把「染絲」的道理用於為君之道上，還引申至「士亦有染」的討論上，進一步探討交友之道：「非獨國有染也，士亦有染。」身邊的朋友若愛好仁義、循規蹈矩，那麼自己、家道和名譽都會日益變好；如果朋友胡作非為、道德敗壞，那麼自身、家道和名聲也會隨之變壞，因此我們必須慎選「染料」，謹慎交友。

雖然儒墨兩家的政治主張各有不同，但在交友之道上，兩者的看法類同。《論語•季氏》曰：「益者三友，損者三友。」與墨子一樣，孔子將朋友分成好壞，鼓勵人多交益友，遠離損友。他還詳細解釋益友和損友的定義，指出和正直、誠實、見識廣博的人為友（「友直，友諒，友多聞」），就會受益；結交不真誠、虛情假意、沒有真材實學的人（「友便辟，友善柔，友便佞」），就會受害。

歷來有關謹慎交友的名言，著名的有晉代傅玄〈太子少傅箴〉：「近朱者赤，近墨者黑。」以紅色比喻益友，黑色比喻損友，這與〈所染〉染絲的比喻相似，同樣指出人容易受環境影響，故應當小心擇友。

名言活學 📩

　　中國人相信人的好壞深受環境影響，鼓勵人擇善而從。若然生於惡劣環境，身邊滿是損友，我們又可以怎樣做？

出淤泥而不染──林則徐

　　清朝末年，朝廷貪污風氣盛行，皇帝寵信貪官，官員間互相包庇，私相授受，不少臣子為求明哲保身，只好同流合污。惟獨林則徐不受歪風影響，清廉正直，嚴懲一眾貪官。當時很多百姓與官員都沉迷抽鴉片煙，官員甚至收受賄款，協助煙販走私，但林則徐並沒有隨波逐流，他決心杜絕這些不良風氣，縱使受到英國人及其他貪官反對，仍堅決在虎門銷毀鴉片，使在華販賣鴉片的外國人遭到沉重的打擊。

❂ 你認為做到「出淤泥而不染」的關鍵是甚麼？

浪子回頭　毒海青年入讀大學

【本報訊】阿豪是香港中文大學的學生，但也曾經是沉淪毒海的「問題青年」。他小時學業成績不理想，自暴自棄，十三歲便與黑道中人為伍，染上毒癮。在損友慫恿下，他多次犯下傷人罪而被捕，但卻沒有因此而悔改，還繼續沉淪。

　　阿豪最終能邁向大學之路，全因在一次犯事後被判入正生書院，在老師循循善誘和關愛下，他把暴戾的性格轉化為做運動的動力，勤奮讀書，終於考入中文大學運動科學與健康教育系。

❂ 想「漂白」已染污的人生，可以怎樣做？

19 朱門酒肉臭，
路有凍死骨。

杜甫〈自京赴奉先縣詠懷五百字〉

名言溯源

古文	今譯
歲暮百草零，	到了一年之末，百草凋零，
疾風高岡裂。	猛烈的風吹裂了高山。
天衢陰崢嶸，	天空陰沉得可怕，
客子中夜發。	我在半夜時從長安啟程。
霜嚴衣帶斷，	嚴寒的霜雪下，衣帶斷了，
指直不得結。	僵冷的手指不能把它打結。
凌晨過驪山，	凌晨時分我路過驪山，
御榻在嵽嵲。	皇上的臥榻就在這座高山。
蚩尤塞寒空，	大霧彌漫整個寒冷的天空，
蹴踏崖谷滑。	我在路滑的山谷中步行。
瑤池氣鬱律，	驪山行宮的華清池水氣蒸騰，
羽林相摩戛。	禁軍眾多，兵器互相碰撞。
君臣留懽娛，	君臣在行宮裏歡快地作樂，
樂動殷膠葛，	音樂奏起來，聲音四面繚繞，
賜浴皆長纓；	得到皇帝賜浴溫泉的全都是權貴；
與宴非短褐。	參與皇帝宴會的沒有一個是平民。

彤廷所分帛，	朝廷分賞給百官的布帛，
本自寒女出。	本是貧寒的女子織成。
鞭撻其夫家，	官吏鞭撻她們的丈夫，
聚斂貢城闕。	搜刮大量布帛，進貢到京城。
聖人筐篚恩，	皇上把一筐筐布帛賞賜給羣臣，
實欲邦國活。	本意是希望羣臣為國效力，使國家繁榮。
臣如忽至理；	臣子如果忽視這個用意；
君豈棄此物？	那麼皇上豈不是白白浪費了這些財物？
多士盈朝廷，	朝廷中有這麼多大臣，
仁者宜戰慄。	有良心的人見到這情況應該恐懼發抖。
況聞內金盤，	何況聽說皇宮的金器珍寶，
盡在衞霍室。	都已送到外戚權貴那裏去。
中堂有神仙，	在大廳中貌美如仙的楊貴妃翩翩起舞，
煙霧蒙玉質。	如輕煙的舞衣披在潔白晶瑩的肌膚上。
煖客貂鼠裘，	給賓客穿上貂鼠皮衣保暖，
悲管逐清瑟；	奏起激昂的管弦音樂；
勸客駝蹄羹，	勸說賓客品嘗駝蹄羹，
香橙壓金橘，	還有那些堆積着的香橙與金橘，
朱門酒肉臭，	富貴人家吃剩的酒肉腐爛發臭，
路有凍死骨。	路邊卻有飢餓凍死的窮人屍骨。
榮枯咫尺異，	富貴和貧窮只有咫尺之隔，
惆悵難再述。	我滿懷惆悵，難以再訴說。

杜甫〈自京赴奉先縣詠
　　懷五百字〉(節錄)

小百科

▷ **杜甫**（712-770 年）

杜甫，字子美，號少陵野老，唐代著名詩人，自幼好學，七歲能作詩，文學成就與李白齊名，後人稱他們「李杜」。天寶六載，玄宗下詔「通一藝者」到京赴考，杜甫上京應考，卻因宰相李林甫破壞而落第。自此他客居長安十年，過着貧困的生活，其後曾任小官，但在安史之亂爆發後遭到陷害而被貶華州，到處漂泊，最終在貧苦中逝世，終年五十九歲。杜甫一生憂國憂民，其詩作以寫實著稱，深刻地反映了社會的黑暗和動盪，因此他被稱為「詩史」，作品收錄於《杜工部集》，著名的作品有〈春望〉、〈北征〉、〈三吏〉、〈三別〉等。

▷ **〈自京赴奉先縣詠懷五百字〉**

這是一首長達五百字的五言古詩，作於唐玄宗天寶十四載（755 年）冬天，記述詩人在京城出發至奉先縣（今陝西蒲城縣）沿途的見聞和感受。當時杜甫被任命為右衞率府兵曹參軍，就職前先探望居於奉先的妻兒。他經過驪山時，看到唐玄宗在華清宮和楊貴妃避寒享樂，同時又看見飢民遍野的慘況，加上家中幼兒餓死，詩人對黑暗的現實滿腔憤慨，於是以述懷起筆，對安史之亂發生前的朝政發表議論和感慨，寫下此名作。

▷ **朱門**

古時只有皇公貴族才能把大門漆成顯眼的朱紅色，以突顯尊貴的身份，因此「朱門」便成為貴族豪門的代稱。除了有「朱門酒肉臭」這句名言，還有晉代郭璞〈遊仙詩‧其一〉的「朱門何足榮，未若託蓬萊。」明代李攀龍有詩〈平涼〉「惟餘青草王孫路，不屬朱門帝子家。」都是以朱門借代富貴人家，詩中對此多含貶意。

唐朝自唐玄宗荒廢朝政開始，國勢由盛轉衰。玄宗寵幸楊貴妃，終日沉迷女色，不理朝政，重用宦官李林甫，縱容他陷害忠良；加上外戚當道——〈自京赴奉先縣詠懷五百字〉中的「衛霍室」，就是諷喻楊貴妃的兄長楊國忠弄權，導致朝政日益腐敗。杜甫前往奉先縣途中，目睹玄宗和楊貴妃縱情享樂、權貴生活奢華，百姓卻三餐不繼，於是他以寫實的方式寫下此詩，把這些情景一一描繪出來，揭示朝政的種種問題。

「朱門酒肉臭，路有凍死骨」直接揭示了社會貧富懸殊的問題：**富貴人家吃剩的酒肉多得腐爛發臭，路邊卻隨處可見餓死凍死的窮人屍骨**。「酒肉」泛指美食，富貴人家有吃不盡的美食，路邊的窮人卻要抵受飢餓。（在古文中，「臭」也可解作「香」，因此有人認為「朱門酒肉臭」是強調富貴人家吃盡珍饈，而並非食物「腐爛發臭」。）短短兩句就深刻地展示了這個對比強烈的情景，把貧富懸殊的問題赤裸裸地呈現讀者眼前。面對朝政黑暗，人民生活困苦，杜甫這名小官着實無能為力，「惆悵難再述」就充分表現了他那難以言盡的傷感。

杜甫一生憂國憂民，作品有很強的寫實性，他也因此被譽為「詩史」。他不只為自己坎坷的仕途而悲哀，更多是為困苦的百姓而發聲。〈自〉詩所寄託的情感，其實無異於他另一首名作〈茅屋為秋風所破歌〉中「安得廣廈千萬間，大庇天下寒士俱歡顏」的情懷，他恨不得有千萬所房子來庇護天下間貧窮的讀書人，令他們展現歡顏——同樣包含了對社會問題敏銳的觀察，寄託了詩人對權貴放縱生活的不滿，以及對窮苦百姓生活的憐憫和同情。

「朱門酒肉臭，路有凍死骨」所反映的貧富懸殊問題古已有之，皇公貴族只顧享樂，無視民間疾苦的例子比比皆是。以下漫畫描述了晉惠帝「何不食肉糜」的故事，現在我們也常引用這個故事來諷刺出身富貴的人不知民間疾苦。

晉惠帝是西晉第二任皇帝，不懂朝政，十分愚蠢。

呱呱！
呱呱！

發出叫聲的東西，是屬於官家的還是私人的？

回皇上，在官地就是官家的，在私地就是私人的。

惠帝深信不疑。

嘿嘿

哈哈
真笨呢

有一年，天下發生大饑荒，大量百姓活活餓死。

啟稟皇上，各地大鬧饑荒，缺少米糧，不少災民餓死，懇請陛下開倉賑災。

缺少米糧……

讓朕想想……

百姓既然沒米糧可吃，為甚麼不吃肉粥？

皇上……

皇上是認真的嗎？

嘿，真笨呢……

野心勃勃的王爺見惠帝昏愚，便趁機起兵，釀成「八王之亂」，惠帝最終被推翻。

20 金玉其外，敗絮其中。

劉基〈賣柑者言〉

名言溯源

古文

　　杭有賣果者，善藏柑，涉寒暑不潰，出之煜然，玉質而金色；置於市，賈十倍，人爭鬻之。予貿得其一，剖之，如有煙撲口鼻；視其中，則乾若敗絮。予怪而問之曰：「若所市於人者，將以實籩豆，奉祭祀、供賓客乎？將衒外以惑愚瞽也？甚矣哉，為欺也！」

　　賣者笑曰：「吾業是有年矣，吾賴是以食吾軀。吾售之，人取之，未嘗有言，而獨不足子所乎？世之為欺者不寡矣，而獨

今譯

　　杭州有個賣水果的人，善於收藏柑橘，柑橘經歷嚴寒和酷暑也不會潰爛，拿出來還是光彩鮮亮，質地如溫玉，顏色如黃金。放在市場中，叫價比普通的柑橘高十倍，人們都爭相購買。我也買了一個，打開它，像有一陣煙撲向口鼻，看它裏面乾得像破舊的棉絮。我覺得奇怪，就問賣柑橘的人：「你賣給人的柑橘，是讓人用來裝滿盛祭品的器皿，祭祀上天、招待賓客的，還是炫耀外表來愚弄那些傻子、盲人的呢？太過分了，這是欺騙人的行為！」

　　賣柑橘的人笑着說：「我做這種買賣很多年了，我靠它來養活自己。我賣它，別人買它，不曾有人說過甚麼，卻惟獨不能滿足你？世上的騙子不少啊，難道只有我嗎？是先生你沒有仔細想想吧。現在那些佩戴虎

我也乎？吾子未之思也。今夫佩虎符、坐皋比者，洸洸乎干城之具也，果能授孫吳之略耶？峨大冠、拖長紳者，昂昂乎廟堂之器也，果能建伊皋之業耶？盜起而不知禦，民困而不知救，吏姦而不知禁，法斁而不知理，坐糜廩粟而不知恥；觀其坐高堂、騎大馬、醉醇醲而飫肥鮮者，孰不巍巍乎可畏、赫赫乎可象也？又何往而不金玉其外，敗絮其中也哉？今子是之不察，而以察吾柑！」

予默然無以應。退而思其言，類東方生滑稽之流。豈其憤世嫉邪者耶？而託於柑以諷耶？

劉基〈賣柑者言〉

符，坐在虎皮上的人，威武勇猛得像捍衞城池的大將，但是他們真的能拿出如孫武、吳起那樣的謀略嗎？那些戴着高大的帽子，垂着長長腰帶的人，氣宇軒昂得像善於治理國家的能臣，可是他們又真的能建立如伊尹、皋陶那般的功業嗎？盜賊屢屢犯事卻不知道怎麼抵禦，人民困苦卻不知道怎麼救助，官吏奸邪卻不知道怎麼禁止，法紀敗壞卻不知道怎麼整飭，安坐高位，浪費國庫糧食卻不知道羞恥，你看那些坐在高敞的廳堂，騎着壯大的好馬，醉飲美酒而飽食佳肴的人，哪個不是威武得讓人害怕，顯赫得讓人想仿效呢？又有哪個不是外表像黃金美玉，裏面卻像破舊的棉絮一樣呢！現在你不察看這些人，卻來察看我的柑橘！」

我默默無語，無法回應他，回頭思考他的話，覺得他就像東方朔那種詼諧滑稽、機智善辯的人。難道他是憤世嫉俗、痛惡奸邪的人，因此假託柑橘來作諷諫的嗎？

小百科

▷ **劉基**（1311-1375 年）

　　劉基，字伯溫，生於元末，是明代的開國功臣。他天資聰穎，自小就能讀懂艱深的經書，二十三歲便高中進士。由於元末種族歧視的政策，身為漢人的劉基只能任職小官，但他仍然勤政愛民，受百姓愛戴。後來，他因不滿當權者昏庸苟且而歸隱山林。元末，朱元璋起義，力邀擁有卓越軍事才能的劉基加入。明朝建立後，朱元璋曾多次封賞劉基，但都被婉拒。至洪武三年，朱元璋封劉基為誠意伯，第二年賜他還歸家鄉，從此他便在家鄉過着隱居生活，直至病故。

　　劉基除了是政治和軍事的奇才外，還是舉足輕重的詩文大家。他提倡文學要經世致用，他的作品情理兼備，不但有政治經濟方面的卓見，也有其藝術價值，一掃前朝纖弱文風，振興明代文壇，有《誠意伯文集》、《郁離子》等傳世。

▷ **虎符**

　　虎符是古代君主調兵遣將時所用的兵符，傳說是由周朝姜子牙發明，是軍事調遣、命令傳達的重要信物，多由青銅或黃金所

製，呈伏虎形，背面刻有銘文。虎符一般會分為兩半，一半由君主保管，另一半交給將帥，兩半合併時，才能指揮軍隊，所以擁有虎符就是擁有兵力的象徵。為甚麼古代兵符是虎形呢？古人認為虎是百獸之王，所以在軍事上也以虎為尊，故把兵符鑄成虎形。後來為了避諱，兵符曾改為魚、兔、龜等動物形狀，之後又演變成形狀簡單的令牌。

▷ 寓言

寓言在春秋戰國興起，最早見於《莊子》。「寓」是寄託的意思，寓言就是含有諷喻或教訓的故事，主要通過虛構的情節和人物來寄託道理，篇幅較短小，語言簡練精闢，結構簡單而富表現力，常用比喻、誇張、擬人等手法。先秦典籍中記載了不少寓言故事，不少更成為現在常用的成語，例如守株待兔、鄭人買履、濫竽充數等。

名言共賞

劉基〈賣柑者言〉是著名的寓言，講述一個賣柑橘的商人欺騙顧客的故事，作者藉商人之口諷刺、指斥那些位高權重、聲名顯赫的人多是虛有其表，並無真材實學。劉基用寓言的形式來表達所想而不直言批評，與他身處的年代和政治環境有很大關係。他生於元末，執政的蒙古人採高壓政策，在取士、行政上都歧視漢人，當時身居高位的都是蒙古貴族，即使劉基有才，高中後只被投閒置散，擔任小官，縱有滿腔熱血，抱負卻無處施展。眼見政治腐敗，民生困苦，劉基不能直抒胸臆，便借賣柑者之言，將一腔憂憤訴諸筆端，寫成〈賣柑者言〉，名言「金玉其外，敗絮其中」便是出自這篇寓言。

名言表面上指柑橘外表像黃金美玉，裏面卻像破舊的棉絮一樣，實際是以柑橘比喻當時的官吏，**指他們的穿戴裝扮無不具備高官的氣度，但辦事能力卻遠遠與他們的身份地位不相稱，藉此諷刺這些高官尸位素餐、欺世盜名。**這句話除了道出當時的世道和現實之外，其實也警醒了世人不要被人或物的外表所迷惑而失去判斷能力。外表美醜與內裏好壞其實沒有必然關係，但人們往往受華美的外表所蒙蔽，看不出人或物的內涵或本質，就連萬世師表孔子也不例外。

孔子的弟子子羽其貌不揚，孔子因此認為他資質平庸，難成大器。子羽從師學習後一直實踐修身，處事光明正大，後來遊歷天下，招收弟子三百人，聲名遠播，受到各國諸侯稱頌。孔子知道後，才幡然省悟自己犯了以貌取人的過錯。聖賢如孔子也有被外表蒙蔽的時候，我們更要時刻提醒自己，做人處事不能只看表面，要認清事物的本質，才不會被假象矇騙。

今天我們用「金玉其外，敗絮其中」這句名言，除了諷刺外表與能力不符的人，還引申形容貌美心惡，或欠缺學識、個人修養的人。

名言活學

「金玉其外，敗絮其中」教我們不要單憑外表去判斷事物好壞。試閱讀以下報道，想想實踐這個道理時有甚麼要留意。

人造色素暗藏危機

【本報訊】色彩鮮豔的食物可以引起人的食欲，但食物久經放置後，本身的天然色素會褪色，所以有食物製造商添加食用色素，還原食物的色澤。食用色素可分為天然和人造兩種，天然色素來自動植物，一般對人體無害，部分還含有少量營養；人造色素則由化學品合成，部分更是石油副產品，毫無營養。現時本港法例容許在食物中加入指定的人造色素，由於人造色素的價錢比天然色素的便宜，穩定性又高，故較受食物製造商歡迎。不過根據研究顯示，人造食用色素會導致兒童過度活躍的問題，嬰幼兒應避免食用這些色素。

❸「金玉其外」是揀選食物的惟一準則嗎？

外表影響求職

【本報訊】根據一所人力資源管理中心的調查發現，不少求職者因忽略衣着打扮而失去受雇機會，該中心資深雇問梁小姐表示，外表影響別人對自己的第一印象，如果求職者打扮欠佳，會予人不尊重之感，從而影響求職機會。雖然外表和工作能力沒有必然關係，但過於不修邊幅會有損任職機構的形象，所以不少雇主都傾向取錄儀容整潔、精神奕奕的求職者。梁小姐又指，求職者除了保持衣服乾淨外，還要留意髮型儀容是否整潔，鞋履、手袋等配飾是否配搭恰當。

✪ 外表有多重要？如果你是雇主，應徵者的衣着打扮是你甄選時的主要考慮因素嗎？

美文欣賞

【導讀】本文取材自生活瑣事，道出生活中點點的人情味，文章篇幅雖短，但寓意深長。作者在一次與同工的宴會裏「好意一舉箸」，竟意外獲廚子送贈一瓶自製辣醬，這引起她反思人與人之間慧眼相知的情分。收到辣醬的同時，作者也看到生活中常被人忽略的真誠，於是文章結尾有這樣的醒悟：「生命的厚禮，原來只賞賜給那些肯於一嘗的人。」簡單一句話如禪鐘一響，餘音裊裊，留給讀者很大的思考空間。這種金句式的收結要精煉而不造作，卓越的文字造詣及豐富的人生歷練缺一不可。

一碟辣醬

張曉風

有一年，在香港教書。

港人非常尊師，開學第一週校長在自己家裏請了一桌席，有十位教授赴宴，我也在內。這種席，每週一次，務必使校長在學期中能和每位教員談談。我因為是客，所以列在首批客人名單裏。

這種好事因為在台灣從未發生過，我十分興頭的去赴宴。原來菜都是校長家的廚子自己做的，清爽利落，很有家常菜風格。也許由於廚子是汕頭人，他在諸色調味料中加了一碟辣醬，校長夫人特別聲明是廚師親手調製的。那辣醬對我而言稍微嫌甜，但我還是取用了一些。因為一般而言廣東人怕辣，這碟辣醬我若不捧場，全桌粵籍人士就沒有誰會理它。廣東人很奇怪，他們一方面非常知味，一方面卻又完全不懂「辣」是甚麼。我有次看到一則比薩餅的廣告，說「熱辣辣的」，便想拉朋友一試，朋友笑說：「你錯了，熱辣辣跟

辣沒有關係，意思是指很熱很燙。」我有點生氣，廣東話怎麼可以把辣當作熱的副詞？彷彿辣本身不存在似的。

我想這廚子既然特意調製了這獨家辣醬，沒有人下箸總是很傷感的事。汕頭人是很以他們的辣醬自豪的。

那天晚上吃得很愉快也聊得很盡興。臨別的時候主人送客到門口，校長夫人忽然塞給我一個小包，她說：「這是一瓶辣醬，廚子說特別送給你的。我們吃飯的時候他在旁邊巡巡看看，發現只有你一個人欣賞他的辣醬，他說他反正做了很多，這瓶讓你拿回去吃。」

我其實並不十分喜歡那偏甜的辣醬，吃它原是基於一點善意，不料竟回收了更大的善意。我千恩萬謝受了那瓶辣醬——這一次，我倒真的愛上這瓶辣醬了，為了廚子的那份情。

大約世間之人多是寂寞的吧？未被擊節讚美的文章，未蒙賞識的赤忱，未受注視的美貌，無人為之垂淚的劇情，徒然的彈了又彈卻不曾被一語道破的高山流水之音。或者，無人肯試的一碟食物……

而我只是好意一舉箸，竟蒙對方厚贈，想來，生命之宴也是如此吧？我對生命中的涓滴每有一分賞悅，上帝總立即賜下萬道流泉。我每為一個音符凝神，他總傾下整匹的音樂如素錦。

生命的厚禮，原來只賞賜給那些肯於一嘗的人。

【導讀】〈富翁與乞丐〉收於李家同《讓高牆倒下吧！》一書，書中收錄的文章都是作者借小故事抒發他對弱勢社羣所面對的困境的感受。在作者眼中，世界彷彿給一道高牆隔開，牆的一面住着享受溫暖和平的人，他們總是忽略高牆另一面那些和貧困、飢餓、疾病對抗着的人，「朱門酒肉臭，路有凍死骨」的悲劇其實每天都在發生。在這篇文章中，作者通過一次在外國吃飯的經歷來表達他對於貧富不均、社會不公這些「大議題」的看法：「富翁與乞丐共存，是一件羞恥的事。」文章記述的不過是一件小事，筆調平淡，不過反覆細讀，就會發現篇中有不少耐人尋味的地方：那個叫作者「回過頭去看那幅畫」的人是誰？為甚麼只有富翁和作者看到畫中有乞丐？富翁眼中「小小的領地」和作者所說「小小的地球」又有什麼分別？富翁與乞丐共存，到底誰最應該感到羞恥？一切都值得讀者細味、深思。

富翁與乞丐

李家同

在英國，我常看到古怪名字的店，可是叫「富翁與乞丐」的飯店，還是第一次見到，使我大為好奇。

飯店的佈置古趣盎然，令人感到時光倒流，彷彿回到了二百年前的英國。

門口的櫃台上放了一隻捐款的箱子，上面注明是為了索馬利亞捐款，旁邊還有一張大型令人慘不忍睹的飢民海報，我覺得飯店裏放這種海報有點殺風景，趕緊快步進去找了個位置坐下。

我點了燉羊腿，叫了飯前酒，好整以暇地等人上菜。就在這段等的時候，我的好奇心又來了，為甚麼這個飯店叫「富翁與乞丐」呢？

店主告訴我一個有趣的故事，幾百年前，這塊地方全部屬於一個富有的伯爵，這位富人在六十歲生日的前夕，找了一位畫家，將他的全家，以及他的大廈全部畫入了一張油畫，現在這幅畫就掛在這家飯店裏。

我看到了這幅畫，畫中的主人翁夫婦雍容華貴，他的孩子們都在他宅邸前面的草地上，有坐、有站、也有的在追逐遊戲，畫裏一片歡愉的情景。

生日不久，伯爵的領地內發生了一個悲劇。一位佃農去世，遺下的寡婦知道自己體弱多病，又有四個小孩，因此決定自殺，可憐的是，她在孩子們的食物裏又下了毒，看到他們去世以後才自殺。

悲劇發生以後，富翁常對着畫發呆。大家問他為甚麼？他起先不肯回答，最後被問急了，只好承認一件事，他說他在畫中看到兩位乞丐，在草地上向他的家人求乞，而家人全部不為所動，根本忽略乞丐的存在。使他大惑不解的是，他過去為甚麼沒有注意到這兩位乞丐。

家人卻都沒有看到乞丐，但也不願和他爭辯，有一天，伯爵將他的家人聚到他的書房裏，告訴他們他有話要說，這些話希望他的子子孫孫都能記得。他的話很簡單：「小小領地之上，富翁與乞丐共存，是件羞恥的事。」

伯爵的子孫還算爭氣，他們在事業上成功，可是也常能照顧社會上的弱勢團體。據店主說，英國有些照顧窮人的福利制度，就是伯爵的一位後代，在議會裏力爭通過的。

我聽完這個傳說以後，開始享受我的大餐。酒醉飯飽以後，到門口去付賬，忽然又看到了索馬利亞飢民的海報，這次我聽到了一個聲音，「回過頭去看那幅畫」。令我大吃一驚的是我竟然看到了兩個乞丐，我揉揉眼睛，走近去仔細地看，仍然看到那兩位衣衫襤褸的乞丐。

　　我陷入沉思，付賬時，店主看出了我的神情恍惚，他說：「先生，你應該知道，你的確是富翁。」我沒有回答，只是點點頭，表示同意，也塞了不少錢進入那個捐款箱。

　　店主送我到門口，對我說：「再見了，先生，願上蒼保佑你的靈魂。」

　　我走了幾步，卻又想回去，怎麼可能有人將乞丐畫進那幅畫？這幅畫，是富翁請人畫的，畫家怎麼敢做這種事？

　　可是我忽然想通了，畫中有沒有乞丐，並不重要。重要的是：「小小地球之上，富翁與乞丐共存，是一件羞恥的事。」

145

【導讀】在講究包裝與行銷策略的商業社會，不少人都迷失在着重形式的風氣之中，先敬羅衣者多，重視內涵者漸少。林清玄在〈形式〉一文中，通過日常生活中一些獨到的觀察，抒發對現代社會只看重金玉包裝的感慨，同時提醒讀者必須時刻警覺，保持澄明的心境，辨識那些只認酒瓶而不懂品酒，只看標籤而不識衣着品味的人。作者有如出世的高人，以譏諷幽默的文筆掀開社會上一層又一層「包裝與廣告」的面紗，他所舉的例子，也許我們都見怪不怪，但讀後仍不禁會心微笑。至於怎樣回到重視「內容」的時代，作者並無説明，且看讀者能領悟多少了。

形式

林清玄

到鐘錶店去買錶，看了半天感覺所有的錶形式都很普通，我問：有沒有比較特殊樣子的手錶？

中年的店主笑了起來：「樣子最特殊的手錶，通常是最不準的。」他把手伸出來給我看，上面戴着一隻極老的腕錶，厚重而老舊，他説：「這是三十年前的手錶了，樣子最普通，結構最簡單，時間也很準，惟一的缺點是每天要上發條。」

對於開錶店的人，自己戴着三十年前的舊錶，我覺得不可思議，但是他説：「只要時間準確，錶的形式有甚麼關係呢？」

素來看電影，我覺得三十年代的事物甚麼都好看，衣飾、髮型、裝潢、顏色、汽車種種，幾乎無一不美，既古典又高雅。有時想想真是不懂，為甚麼「進化」到現在的樣子呢？

尤其是汽車，最令人着迷。金銅的車身，桃木的方向

盤，牛皮的坐椅，山形的車頭橢圓的頂，以及全用木板精雕的內部裝潢……不管是甚麼牌子的汽車，只要是三十年代的產品，沒有一部是不美的。

有一回到美國的環球片廠參觀，看到許多三十年代的汽車，部部都像是藝術家的雕刻，讓人流連忘返。

朋友有一部三十年代的賓士汽車，每次開出家門總是引來圍觀，看見的人無不讚歎：「真美的一部車呀！」

既然那舊有的形式是藝術一樣的創作，而且是共識為美的，為甚麼如今人們不再保有這種形式呢？據說是因為風阻系數的關係，舊有的形式吃風屬害，是無法捨命奔馳的，為了求快，只好放棄藝術的形式。

為了求快，吃的藝術速食麵了；為了求快，衣的藝術工廠傾銷了；為了求快，住的空間僵化死了；為了求快，車的藝術失落了。

我們能不能慢一些呢？能不能喝一圈功夫茶再走呢？

能不能，也要一點形式呢？

就在這兩三年間，台北人迷信着服裝的「名牌」，於是歐洲、美國、日本的各種名牌就泛濫起來了。

注意聽女士們的對話，最能發現這種改變。

以前，她們見面常問：

「你這衣服真好看，在哪裏買的？」

現在她們說：

「你這衣服是甚麼牌子？真好看！」

假如告訴她這是某某牌子，確是名牌，接着她會說：「我就說嘛！我一看就知道你這衣服是名牌，台灣哪裏做得出這種樣子，料子也好，台灣哪裏有這麼好的料子！」

萬一告訴她這是外銷成衣店裏買的廉價品，她會說：「唉呀！真是做夢也沒想到台灣能做出這樣的衣服，只可惜料子是差了一些，款式好像也是去年的。」然後她拉起別人

的衣服儼然評論道：「你看，這手工比起某某牌就差多了，名牌總有名牌的道理呀！」最後她會來一段「名牌經」，背誦如流，令人吃驚。

我有時候隔幾天就遇見這樣的女人，嚇得人冷汗直冒，她們老是勸我：「不要老是到外銷成衣店買衣服，你總要有幾件叫得出牌子的衣服。」

這使我想起一件往事。有一位愛惡作劇的朋友，總是把劣質的白蘭地酒裝在喝空了的軒尼斯XO的瓶子裏，專門用來對付那些只知道牌子而沒有品味的人。他們喝了一口後，往往其聲嘖嘖，讚歎不已：「呀！到底是XO，喝起來就是好！」然後朋友和我相對微笑：「對啊！要不是你常喝XO，還喝不出它的好處來哩！」

這樣喝酒的人，他喝的不是酒，而是酒瓶。

那樣穿衣的人，她穿的不是衣，而是標籤。

最可悲的是那些自以為懂名牌的女士們並不知道，在國外，真正高級的名牌是百貨公司買不到的，只在專門的店裏出售。她們買到的只是衣服的廣告，不是衣服。

這是個廣告的時代，是牌子的時代，也是包裝的時代。

小時候，大人們常說：「到店仔頭那裏，打一斤油回來！」我們就提着瓶子到街上，看打油的人從碩大的油桶中打一斤油。

現在不行了，沒有牌子的油可能是米糠油，可能有多氯聯苯。

以前，大人們常說：「到店仔頭那裏，買一斤紅豆回來！」我們就跑去叫人秤一斤紅豆回家。

現在不行了，現在的紅豆也要包裝，還打有效期限，否則可能是壞的。

以前，大人們常說：「到店仔頭那裏，買一斤糖回來！」

現在不行了，現在的糖不純，要看明是台糖的才行！

　　以前，大人們叫我們去買東西，是不必付錢的，和店仔頭一年結算一次，小孩子去拿東西，店主只要在上頭寫道：「某月某日老二打油一斤！」到年尾時，雙方絕不會有爭議。

　　現在不行了，店仔頭的主人怕有人隨時經濟犯罪逃跑了，不肯記賬，買東西的人學會了買甚麼牌子，而且要帶足現金──現代人是不能信任的。

　　甚麼牌子最好呢？

　　就是那廣告做得最大的牌子最好。

　　甚麼品質最好呢？

　　就是那包裝包得最美的品質最好。

　　現在如果有人用大桶子賣油、賣豆子、賣糖、保證他三日倒店，因為人與人間沒有信用可言，只有以牌子做信用，以包裝做信用。

　　有一個做洗髮精的朋友告訴我，他用十元做洗髮精，用三十元做瓶子，用一百元做廣告。所以才能成功──反之，如果有個人用一百元做洗髮精，用十元做瓶子，用三十元做廣告，那他注定要失敗，因為，誰知道你的洗髮精是真正的好呢？

　　拍電影也是一樣，那聲稱耗資三千萬元的，真正拍戲只有五百萬元，其餘都是廣告。做哪一行都一樣的吧！在這個混亂的時代，大學教授常被誤認為是流浪漢，而流氓們又常被誤認為是知識分子。

　　財閥們最常使用慈善家的包裝，而且用偽善來做愛心的廣告。

　　我到一家極富盛名的素菜館吃飯。

　　隔壁坐了一位和尚和兩位居士，其中一位腹肥如桶的居士突然談起另外的兩名和尚，那袈裟穿得筆挺的和尚不屑地冷笑道：「呀哈，那人虛有名聲，文章也寫不通，說話又結巴，當甚麼和尚！」這使我豎起耳朵，接着，三人把那和尚

批評得一文不值，又批評了另外的和尚。

後來，他們談到蓋廟。

胖居士說：「上次蓋那座廟，真是大賺了一票，到現在遇到人就請吃館子，吃了幾年還沒吃完哩！」

瘦居士說：「怎麼那麼有賺頭？」

「嘿！這簡單，廟裏供千手觀音，先給信徒認捐嘛，一隻手一萬，一千隻手不就一千萬了嗎？還有，一支柱子一百萬，找十個人每人捐十萬，一共八支柱子，不又是八百萬了嗎？事實上，蓋廟哪裏用得着那麼多，剩下的，真是一輩子吃不完……」

我不忍再聽下去，只好站起來，正要走開時，一個殘疾的人到和尚那桌去賣獎券，胖居士習慣地揮揮手說：「剛剛買過了。」殘廢的人困難地走向另一個桌子。

每次到廟裏虔誠地燒香時，我總想起那素菜館裏的胖居士，深深地為他們悔罪。如果連敬佛蓋廟都是斂財的形式，那麼信徒執香禮拜時都要顫抖的吧！

我拿起一本書來看，裏面這樣寫着：

「在狗兒的眼中，人人都是拿破崙，所以養狗之風盛行。」

「預見禍害的人，必須承受雙倍的痛苦。」

「勢利者絕不會有真正的快樂，也不會有真正的悲哀。」

「人所以寂寞，是因為他們不去修橋，反而築牆。」

「欲望是奢侈的奴隸，靈魂不需要它。」

「沒有住址的人是流浪漢，有兩個住址的人是放浪者。」

「求知者走過人類，如同走過獸類。」

「人與人間的距離，比星與星間的距離更大。」

……

所有的人生的格言，不都是一種形式嗎？

這原來是個形式的時代，不是內容的時代；這是智慧的

時代，也是愚蠢的時代；這是廣告的時代，也是包裝的時代；這是偽善的時代，也是失去信用的時代。

　　光明與黑暗的時間交纏，希望的春天與絕望的冬天同時存在。生在這個時代的人要像螃蟹一樣，看起來是在來了，其實向遠方走去。

　　要像一顆槍彈，表面愈「光滑尖嘴」，射得愈遠。

　　要像一隻蝴蝶，外表愈美愈好，才能四處穿梭。

　　要像一隻黃鶯，只報告美麗的聲音。

　　要像外交家，在記得女人生日的時候，同時忘記她的年齡。

　　要像……要像一隻香水的瓶子。

　　否則，是難以成功的吧。

一九八五年四月四日

思考點

★1 〈一碟辣醬〉用了不少篇幅談廣東人不懂「辣」，這對文章表達有甚麼作用？

★2 作者本來不太喜歡偏甜的辣醬，但後來她不但接受了，更愛上了那瓶辣醬。作者真的愛上辣醬的味道嗎？試加以說明。

★3 〈富翁與乞丐〉中，店主對作者說：「先生，你應該知道，你的確是富翁。」你認為店主為甚麼這樣說？「富翁」指的是甚麼人？

★4 你認為作者知道〈富翁與乞丐〉這幅畫的故事後有甚麼啟發？他的心態有甚麼轉變？試綜合全文，加以說明。

★5 〈形式〉的作者多次提到「現在不行了」。根據文中的例子，你認為以前和現在的社會風氣最大的不同是甚麼？為甚麼作者要反覆提及這一句？這對文章表達起了甚麼作用？

★6 綜合〈形式〉一文，作者對追求「形式」的看法有甚麼轉變？試說明。

★7 三篇文章都借用餐時發生的事來抒發感受，你較喜歡哪一篇的表達方式？為甚麼？

參考答案見 217 頁

人生感慨

21 塞翁失馬，焉知非福。

《淮南子‧人間訓》

名言溯源

古文

　　夫禍福之轉而相生，其變難見也。近塞上之人，有善術者，馬無故亡而入胡。人皆弔之，其父曰：「此何遽不為福乎？」居數月，其馬將胡駿馬而歸。人皆賀之，其父曰：「此何遽不能為禍乎？」家富良馬，其子好騎，墮而折其髀。人皆弔之，其父曰：「此何遽不為福乎？」居一年，胡人大入塞，丁壯者引弦而戰，近塞之人，死者十九，此獨以跛之故，父子相保。故福

今譯

　　禍難與福運互相轉化而且相生，它們的變化是難以預見的。靠近邊塞的地方有一個精通術數的老翁，他的馬不知道甚麼緣故走失了，跑到胡人那裏去。眾人都來安慰他，老翁卻說：「這怎知道不是福氣呢？」過了幾個月，他的馬帶着胡人的駿馬返回來。眾人都祝賀他，但老翁卻說：「這怎知道不會成為壞事呢？」因為家裏有良馬，老翁的兒子喜歡騎玩，有一次從馬上墮下而折斷了大腿。眾人又來安慰他，但老翁又說：「這怎知道不是福氣呢？」一年後，胡人大舉入侵邊塞地區，健壯的少年都拉開弓箭入伍參與戰爭，這些靠近邊塞參戰的人，十之八九都戰死沙場。惟獨老翁的兒子因跛足的緣故免服兵役，父子二人得以一起保存性命。因此福運可以變成禍難，禍難也可以變成福

之為禍，禍之為福。
化不可極，深不可測
也。

運。福禍的變化是沒有窮盡的，深奧
的道理是難以測量的。

《淮南子‧人間訓》（節錄）

小百科

▷《淮南子》

　　《淮南子》是西漢時期的著作，由漢高祖劉邦之孫劉安（公元前179- 前122年）領編而成。劉安是淮南厲王的長子，承襲父蔭封為「淮南王」，為人聰穎好學、擅寫文詞，專研治國安邦之道。他求才若渴，招來賓客、方士數千人，合力編著《淮南鴻烈》（今稱《淮南子》）。「鴻」即「大」，「烈」有「剛直高貴」之意，因此《淮南鴻烈》有「淮南王大明道之言」的意思。《淮南子》現存二十一篇（稱「訓」），屬於雜家著作，以載道家思想為主，並揉合儒、法、陰陽等家的觀點。《淮南子》保留了許多先秦的神話傳說、寓言故事，並通過這些神話寓言來說理，也有假託孔子之口說出寓意，或直接引用《老子》的話以點明道理，其中以〈道應訓〉、〈人間訓〉載有最多寓言故事。

名言共賞 📖

　　「塞翁失馬，焉知非福」是現在常用的成語，指一時的損失看似是壞事，但也可能變成好事，典出西漢名著《淮南子》中「塞翁失馬」的寓言故事。故事主人翁先後經歷「失馬」、「兒子墮馬弄斷腳」這些看似倒霉的事，然而這些「壞事」卻又帶來令人羨慕的好事：失馬迷途知返，還帶回良駒；兒子因腳傷免服兵役，父子均逃過一劫。《淮南子》載有不少道家思想，這一則故事就闡述了老子「禍兮福之所倚，福兮禍之所伏」的觀點：好事和壞事會互相轉

化，一件事孰福孰禍，往往不能憑表象或根據某時某刻來判斷，至於在甚麼時候、甚麼條件下福禍會逆轉，更是無人知曉。既然如此，遇到順心如意的事不必得意忘形，遭到沮喪挫折時也毋須灰心喪志。

那麼當逆境來到時，我們應該怎樣面對？孔子說，身處逆境時要不懼不憂，以積極進取的態度來面對；莊子則主張順其自然，以「知天命」的處世態度來面對，若無法以豁達的心境去看待一時的逆境和危難，想必亦無法等待否極泰來之時。結合儒、道的看法，就是把逆境看成是磨練意志的機會，從中吸取經驗和教訓，等待美好的日子來臨。

「塞翁失馬，焉知非福」表達了道家禍福相依的觀點，也常用來勸勉人抱持樂觀的心態對待變幻莫測的事情。翻開報章，不時看見有人因家庭、事業、人際關係等問題而自尋短見的個案。當人遭受挫折時，難免氣餒喪志。這時以「塞翁失馬，焉知非福」來自勉，也許能帶來一點安慰和盼望：覺得自己身處黑暗嗎？那只不過是曙光尚未到來而已。

中外不少名人也有過「塞翁失馬」的經歷，以下漫畫便記述了英國科學家弗萊明的故事，他因一次無心之失而發現青黴菌有消滅病菌的能力，從此改寫了傳染病幾乎無藥可治的歷史。

我要找出殺死這種細菌的方法！

弗萊明

1928年，科學家弗萊明研究可以致命的葡萄球菌。

由於培養皿沒有蓋好，皿中的病菌樣本變了質。

弗萊明發現培養皿中長着青黴菌，周圍卻沒有葡萄球菌滋生。

咦？ 難道這種青黴菌可以殺死葡萄球菌？

糟糕！要重新培養......

是，弗萊明進行測試，實驗證明黴菌能產生一種殺菌的化學物質。

就叫這種化學物質做盤尼西林吧！

名言活學

　　看看以下兩則人物故事，想一想「塞翁失馬，焉知非福」除了勉勵人面對逆境要處之泰然外，還有沒有值得思考的地方？

聽不見的樂聖——貝多芬

　　被譽為「樂聖」的貝多芬在 1770 年生於德國，他彈琴和作曲天分極高，先後跟隨著名音樂家學習，音樂事業平步青雲。然而在二十八歲開始，貝多芬的聽覺出現了問題，他曾因此而十分沮喪，甚至萌生輕生的念頭，幸好他最終沒有放棄，靠着心靈的想像和感受去作曲，終於創作出舉世聞名的《第三交響曲》（《英雄交響曲》），創作生涯亦達至巔峰。事實上，貝多芬最傑出的作品，大多是他在耳聾後所創作的。

❂ 困難和逆境對人有甚麼好處？

擁抱生命的勇士——鄧紹斌

　　鄧紹斌（斌仔）在 1991 年練習體操時發生意外，從此頸部以下全身癱瘓，只能靠點頭、脣語及特製電腦與外界溝通。由於起居生活全都要靠別人協助和照顧，這令斌仔一度失去生存的意志。2003 年，他去信行政長官要求安樂死，引起社會關注。各界紛紛向斌仔送上鼓勵和支持，令他漸漸走出陰霾，積極面對人生。他不但用嘴巴含着筷子在電腦鍵盤上打字，完成了十五萬字的自傳，而且經常出席講座分享經歷，使大眾重新思考生命的意義，並關注殘疾人士的生活，2010 年更獲頒香港「十大再生勇士」。雖然斌仔於 2012 年因病辭世，但他為生命奮鬥的故事，將永存香港人心中。

❂ 令人勇敢面對逆境的因素是甚麼？

22 天生我材必有用

李白〈將進酒〉

名言溯源

古文	今譯
君不見黃河之水天上來， 奔流到海不復回！ 君不見高堂明鏡悲白髮， 朝如青絲暮成雪！ 人生得意須盡歡， 莫使金樽空對月。 天生我材必有用， 千金散盡還復來。 烹羊宰牛且為樂， 會須一飲三百杯。 岑夫子、丹丘生， 將進酒，君莫停， 　與君歌一曲， 請君為我傾耳聽。 鐘鼓饌玉不足貴， 但願長醉不用醒。 古來聖賢皆寂寞， 惟有飲者留其名。 陳王昔時宴平樂，	你看不見黃河的水像從天上傾瀉下來，洶湧地流向大海，永不回頭嗎？ 你看不見人們在大廳的鏡子前為白髮悲傷，早上的黑髮傍晚已變雪白嗎？ 人生得意的時候應該盡情享樂， 不要讓那金杯徒然面對明月。 **上天賜予我的才能必定能施展，** 錢財即使耗盡，還會重新回來。 烹羊宰牛，姑且作樂， 應當一喝酒就痛快地喝三百杯。 岑先生（岑勛）、丹丘兄（元丹丘）， 請喝酒，你們可不要停下來。 讓我為你們唱一首歌， 請你們留心傾聽。 富人宴客的音樂和佳肴都不珍貴， 我只希望一直沈醉，再不用清醒。 自古以來，聖賢之人都默默無聞， 惟有好酒之人才能名留後世， 陳王 曹植昔日曾在平樂觀設宴，

斗酒十千恣歡謔。	喝着十千錢一斗的酒，縱情玩樂。
主人何為言少錢？	主人家為何說不夠錢呢？
徑須沽取對君酌。	只管買酒來相對共飲，
五花馬，千金裘，	名貴的五花馬，價值千金的皮衣，
呼兒將出換美酒，	叫童僕拿去換取美酒，
與爾同銷萬古愁。	與你們一同消除這無窮無盡的愁悶。

<u>李白</u>〈將進酒〉

小百科

▷ **李白**（701-762 年）

　　李白，字太白，自號青蓮居士，唐代著名詩人。一生創作大量詩歌，題材涉及政治民生、山水遊樂和閨怨離情等，詩作以氣勢取勝，善用比喻、誇張的手法，想像瑰奇。著名作品有〈夢遊天姥吟留別〉、〈蜀道難〉、〈月下獨酌〉、〈清平調〉三首等。由於李白詩才出眾，當時的祕書監賀知章讚美他：「子，謫仙人也。」後人便稱他為「詩仙」。李白才華橫溢，以「濟蒼生，安社稷」為己任，可是仕途並不順暢。他曾官至翰林，但因唐玄宗聽信讒言，將其「賜金放還」（賜予重金，准予還鄉），李白只好寄情山水，排解鬱悶。後來唐代國運衰落，戚宦專權，但李白依然心繫長安，希望能有一割之用，於是以六十一歲高齡請求從軍入幕，可惜中途因病折返，在當塗縣逝世，心願終未能償。

▷ **唐代酒會**

　　唐代酒業興盛，文人主要的娛樂也離不開飲酒聚會，唐詩中有不少與這些盛會有關的作品，如皮日休〈春夕酒醒〉、李白〈春夜宴桃李園序〉、岑參〈涼州館中與諸判官夜集〉等。酒會的習俗很多，例如在開席敬酒時要「蘸甲」，即以手指伸入酒杯略蘸

一下，彈出酒滴以表敬意；喝酒時會行「酒令」（喝酒時的助興遊戲），《蔡寬夫詩話》稱：「唐人飲酒，必為令以佐歡。」目前知道的唐代酒令約有二十多種，行酒令時需要骰盤、籌箸、香球、花盞等器具輔助。唐人甚為重視酒令的勝負，每到酒會之時，都有主酒人（即「觥使」或「酒糾」）維持酒席秩序，確保遊戲順利進行。這些人需熟知酒令的規矩，一旦席間有人言語失序、行令失誤，或作假、逃酒等違規行為，就要處罰他們。

➢ 斗

詩中提到「斗酒十千恣歡謔」，當中「斗」是古代的容量單位。在唐代，一斗的分量是多少呢？據唐代典籍《唐六典》記載：「凡量，以秬黍中者，容一千二百為龠，二龠為合，十合為升，十升為斗，三斗為大斗，十斗為斛。」秦代以後，「度量衡」（即長度、容量、重量）都以律管（奏樂用的單音竹管）為標準，一根律管可注滿一千二百顆大小相若的秬黍（即穀物「黑黍」），這個容積就是一龠，兩倍的龠就是一合，這樣換算下來，一斗酒就等於二十四萬顆秬黍的容量了，以現代的容量單位來計算，大概就是兩公升左右了。

名言共賞 📖

初唐至盛唐時期，科舉制度打破了漢代以來官場門閥世族的風氣，士人都盼能出仕為官，報效國家，李白便是其中一人。他志向遠大，自命「大鵬」，願為「帝王師」。曾獲封翰林學士，可惜並無實職，只是隨時聽候玄宗差遣，起草詔書，侍從宴遊。及後戚宦當權，藩鎮割據，朝政日趨腐敗，李白漸漸發現願望落空。玄宗更聽信讒言，把李白貶官還鄉。李白「欲濟蒼生」的理想至此破滅，於是便踏上漫遊四方之路，藉飲酒賦詩尋求精神上的解脫。

〈將進酒〉是李白與友人岑勛、元丹丘於嵩山相會時所作,屬漢樂府詩(漢代可合樂而唱的詩歌)體裁,一般相信是寫於天寶十一載(752年)。當時李白四十多歲,已離開長安好一段時間,他在詩中既抒寫了懷才不遇的苦悶,也表達了豪情萬丈的情懷,尤以「天生我材必有用,千金散盡還復來」最為豪邁。詩人認為,**雖然自己沒有得到在上位者的重視,但是上天賜予自己的才能必定有用武之地,就像千金散盡後也能重新獲得。**「天生我材必有用」一句,不僅透露了李白渴望用世卻懷才不遇的現實,也表明了他肯定自己的才能,堅信他朝必定有所作為,展現出自信曠達的一面。雖然詩中處處有「但願長醉不用醒」、人生如夢須及時行樂的信息,但其實詩人始終心繫國家。安史之亂後,唐室傾危在即,亡國之禍迫在眉睫,他以〈感時留別從兄徐王延年從弟延陵〉一詩鼓動徐王延年為國效力,又應永王李璘之邀入幕,可見他一直念念不忘濟蒼生的志願。

李白在仕途受挫時,沒有意志消沉,反而寫下「天生我材必有用」的千古名句,全因他認識自己,肯定自己的優點和價值。古往今來,能樂觀面對人生逆境的人,多能成就璀璨人生,例如國際著名籃球員「旋風小子」林書豪,他是少數能參與美國職業籃球聯賽的美籍華人。他成名前也經歷過不少挫敗:求學時期遭歧視,以致在聯賽選拔中落選;後來有球隊願意與他簽約,卻只讓他擔任候補。但是,林書豪並沒有放棄,只一心一意地追逐他的籃球夢。終於他在2012年的聯賽上大放異彩,這名球壇新貴不但為球隊贏了多場比賽,也迎來了球壇和媒體的爭相關注。可見一時失意不足為懼,只要不放棄,還是會獲得賞識的。

名言活學

面對困頓失意時，不妨以「天生我材必有用」來勉勵自己，樂觀面對，肯定自我，重整步伐向理想邁進。看看以下兩則報道，想想應該怎樣做才能實踐自我的價值？

堅持夢想　跑出非凡人生

【本報訊】蘇樺偉是香港田徑傷健運動員，出生時因黃疸病引致腦部受損而患上痙攣。在媽媽的支持下，蘇樺偉在15歲踏上短跑生涯，自1996年起多次參加傷殘奧林匹克運動會，屢屢奪金而回。他曾在2014年韓國仁川亞運會中失準，未能獲得任何獎項，但他表現坦然，笑稱自己因為腰傷，在幾乎沒有訓練的情況下還能完成比賽，表現已很不錯。他感謝所有支持自己的人，讓他更有動力、更堅定地跑下去。他寄語年輕人凡事堅持目標，不要怕辛苦，抱着「好想做到」的信念，終有一天會成功。

❂ 除了肯定自己的才華，還要有甚麼條件才能成功？

重遇昔日同窗女法官　偷竊疑犯當庭痛哭

【本報訊】美國一名49歲的疑犯亞瑟‧布斯因爆竊、偷車等罪名被送上法庭受審。女法官格萊澤在審訊期間，忽然問他是否曾就讀鸚鵡螺中學，布斯此時認出她是昔日同窗，頓時難掩訝異之色，之後更埋頭痛哭。格萊澤稱布斯在中學時期學業優秀、運動出色，難以相信他現在落得如斯田地。布斯的表妹說，布斯應該非常後悔，他可能在想，如果當初沒有誤入歧途，好好發揮才能，現在坐在法官之位的可能是他。

❂ 「天生我材」是否代表一定能有所成就？要怎樣運用才幹，方能用得其所？

23 同是天涯淪落人，相逢何必曾相識？

白居易〈琵琶行〉

名言溯源

古文

　　沉吟放撥插弦中，整頓衣裳起斂容。自言本是京城女，家在蝦蟆陵下住。十三學得琵琶成，名屬教坊第一部。曲罷曾教善才伏，妝成每被秋娘妒。五陵年少爭纏頭，一曲紅綃不知數。鈿頭雲篦擊節碎，血色羅裙翻酒污。今年歡笑復明年，秋月春風等閒度。弟走從軍阿姨死，暮去朝來顏色故。門前冷落鞍馬稀，老大嫁作商人婦。商人重利輕別離，前月浮梁買茶去。去來江口守空船，繞船月明江水寒。夜深

今譯

　　彈奏琵琶的婦人沉思不語，將撥子插在琴弦中，然後整理衣裳，神情莊重。她說：「我本是京城女子，老家在以美酒、歌伎聞名的蝦蟆陵。十三歲學琵琶有成，教坊最優秀的樂隊中有我的名字。每曲彈罷都令著名樂師佩服，(我)裝扮後美麗得令其他歌伎妒忌。五陵的富家子弟爭相送我獎賞，奏完一曲收到的紅色綢緞無數。鑲嵌金銀珠寶的髮飾因打拍子而敲碎，紅色羅裙因倒灑美酒而染上酒漬。年復一年只知歡笑取樂，青春就輕易地虛度了。弟弟去了從軍，鴇母去世，隨着時光流逝，我容顏衰老。門前愈來愈冷清，來訪的車馬日漸稀疏，我年紀大了只能嫁給商人。商人重視錢財，輕易別離，上月

忽夢少年事，夢啼妝淚紅闌干。我聞琵琶已歎息，又聞此語重唧唧。同是天涯淪落人，相逢何必曾相識？我從去年辭帝京，謫居臥病潯陽城。潯陽地僻無音樂，終歲不聞絲竹聲。住近湓江地低濕，黃蘆苦竹繞宅生。其間旦暮聞何物？杜鵑啼血猿哀鳴。春江花朝秋月夜，往往取酒還獨傾。豈無山歌與村笛？嘔啞嘲哳難為聽。今夜聞君琵琶語，如聽仙樂耳暫明。莫辭更坐彈一曲，為君翻作〈琵琶行〉。」感我此言良久立，卻坐促弦弦轉急；淒淒不似向前聲，滿座重聞皆掩泣。座中泣下誰最多？江州司馬青衫濕。

白居易〈琵琶行〉（節錄）

他便去了浮梁買茶。只有我在江口獨守空船，圍繞着船的只有明月和寒冷的江水。夜深時，我夢見歡樂的少年往事，不禁夢醒痛哭，淚水縱橫，弄髒了妝容。」我聽她彈琵琶已經歎息，聽到她的傾訴就更加傷感。我們都是漂泊異地的失意人，今日相逢，何必在意之前是否認識？我說：「我去年辭別京城，被貶至潯陽，經常臥病。潯陽地方偏僻沒有音樂，整年都聽不到絲竹音樂聲。住處近湓江，地勢低而潮濕，黃蘆苦竹繞着屋子叢生。在這裏，早晚能聽到甚麼呢？只能聽到杜鵑鳥的悲啼和猿猴的哀鳴。不論在春江花開的早上，還是在秋月皎潔的夜晚，我都只能拿着酒獨自酌飲。難道這裏連山歌和村笛都沒有嗎？有的只是雜亂不清的聲音，難以入耳。今天聽了你的琵琶演奏，好像聽了仙樂一樣令耳朵清明起來。請你不要推辭，再彈一曲吧！讓我為你重新創作〈琵琶行〉。」她感慨於我的話，站了很久，然後回身坐下收緊琴弦，琴聲轉為急促。琵琶音調淒涼，與之前所彈奏的不同，在座賓客聽後都掩面哭泣。在座眼淚最多的是誰？就是我這個江州司馬，淚水都沾濕了青衫。

小百科

▷ 白居易（772-846 年）

白居易，字樂天，號香山居士，唐代著名詩人。由於年幼家貧，白居易對社會問題和平民生活的苦況均有深刻體會，這使他為官後着力關懷人民疾苦，積極改革社會政策。白居易曾受唐憲宗重用，擔任左拾遺（諫官），由於他勤於上書言事，因此得罪朝中不少權貴。元和十年，他因主張捉拿刺殺宰相的兇手，遭人誣告而被貶至偏遠的江州擔任沒有實權的閑官司馬，後又經歷幾次升降，最後在洛陽終老。

儘管仕途波折重重，白居易在文壇上卻大放異彩。他喜以文章、詩歌反映社會實況，諷喻朝廷，例如〈賣炭翁〉就揭示了宮市制度的弊病和平民受官吏欺壓的苦況。他的作品淺白通俗，風格平易近人，「老嫗能解」（普通老婦人都能明白），在社會各階層廣泛流傳。著名的作品包括〈賦得古原草送別〉、〈長恨歌〉、〈琵琶行〉、〈新樂府〉五十首等等，有結集《白氏長慶集》傳世。

▷ 琵琶

琵琶，原名「枇杷」，在秦漢時期已出現。根據《釋名・釋樂器》記載，「枇杷」二字源自樂器的兩種彈奏手法：向前彈出稱「枇」，向後挑進稱「杷」。起初「琵琶」泛指抱彈樂器，隋唐以後「琵琶」一詞專指梨形音箱的曲項琵琶，也就是現在常見的琵琶。琵琶音域廣闊，音色變化豐富，能表現不同曲風，或歡樂愉快，或哀怨纏綿，或激烈雄壯。在音樂歌舞盛行的唐代，上至教坊（官方音樂機構），下至民間演唱，琵琶都深受藝人喜愛。文人也喜歡以琵琶入詩，如李頎〈古從軍行〉「行人刁斗風沙暗，公主琵琶幽怨多」、杜甫〈詠懷古迹〉「千載琵琶作胡語，分明怨恨曲中論」、晏幾道〈臨江仙〉「琵琶弦上説相思，當時明月在，曾照彩雲歸」，可見琵琶是當時常用的樂器。

名言共賞

也許你曾在電影或流行歌曲中聽過「同是天涯淪落人，相逢何必曾相識」，這句話出自唐代白居易的長詩〈琵琶行〉，**白居易借這句話表示自己和琵琶女即使背景不同，也素不相識，但因同是漂泊異地的失意人，彼此遭遇相似，故此能感同身受。**

〈琵琶行〉寫於元和十一年，記述被貶江州的白居易與琵琶女相識的經過和對話。當時白居易在潯陽江送別友人，突然傳來一陣動人的琵琶聲，他循着樂聲找到琵琶女，便請她彈奏一曲。琵琶女以高超技藝彈出讓人難過傷懷的曲子，並娓娓道出自己的經歷：她本是京城教坊彈奏琵琶的名伎，曾風光一時，後來年華老去，只好嫁給商人，並漂泊至離京城三四千里的江州，過着獨守空閨的生活。白居易聽後，不禁驚訝自己和琵琶女的遭遇如此相似：他也曾經得志，可惜遭人陷害，被貶為江州司馬，過着投閒置散的生活，因此對琵琶女的遭遇深有共鳴。詩人結合仕途失意的憤懣與琵琶女的悲傷，發出「同是天涯淪落人，相逢何必曾相識」的感歎。感歎過後，白居易請琵琶女再奏一曲，這令他想起自己懷才不遇，不禁悲從中來，哭得衣衫盡濕。

「同是天涯淪落人，相逢何必曾相識」這名句不但打破了詩人和琵琶女的身份隔閡，也超越了時空，流傳至今。直至今天，失意者只要遇上與自己經歷相似的人，也會通過這短短十四個字，道出同病相憐的無奈。

名言活學

　　白居易從琵琶聲中聽出琵琶女的悲哀，感慨二人經歷相似，遂成為對方的知音人。每個人都想找到知音，然而知音易尋嗎？

高山流水遇知音

　　春秋年間，晉國琴師伯牙在江口的小船上彈琴，聽到岸上有人拍掌叫好，原來是樵夫鍾子期。伯牙認為鍾子期不簡單，便請他上船。當伯牙彈奏出高亢激越的琴聲時，鍾子期說：「我好像見到雄偉的高山！」琴聲轉為清新流暢時，鍾子期又說：「我好像見到奔騰的流水！」伯牙驚訝鍾子期竟能道出自己的心意，便說：「你真是我的知音！」兩人結為好友，更相約來年再會。一年後，鍾子期因病去世未能赴會，伯牙悲哀地說：「我的知音不在了，我彈琴給誰聽呢？」語畢便把琴摔爛，從此不再演奏。

✪ 人生難得遇上知音，若遇上了，我們應怎樣對待對方？

知音難覓　慧眼識畫家

【本報訊】近代名畫家的作品，未必人人都懂得欣賞。早在八、九十年代，台灣大未來林舍畫廊的負責人林天民便慧眼識英雄，引進了六十多歲的法籍華裔名畫家朱德群和趙無極的畫作。林天民曾在台灣為朱德群辦畫展，又曾遠赴法國結識趙無極。雖然林、趙兩人年齡相差三十多年，但無礙他們成為好友。林天民指當年很少台灣人懂得這兩位畫家，他們的畫作很難賣出，曾有顧客質疑他們的畫作不值二百萬台幣。到了今天，兩位畫家的作品已不止這個價錢，但最讓林天民高興的，還是二人終於得到應有的地位了。

✪ 年齡和地域是尋覓知音的限制嗎？

24 夕陽無限好，
只是近黃昏。

李商隱〈樂遊原〉

名言溯源

古文

向晚意不適，驅車登古原。
夕陽無限好，只是近黃昏。

李商隱〈樂遊原〉

今譯

傍晚心情不快，駕馬車登上樂遊原。
夕陽無限美好，只可惜已接近黃昏。

小百科

▷ 李商隱（813-858 年）

　　李商隱，字義山，號玉谿生、樊南生，晚唐詩人。他一直渴望在政治上有所作為，但其時朝臣朋黨相互傾軋，其仕途亦屢因「牛李黨爭」而受挫，他先在中進士後的授官試中被除名，後又因黨爭而失去官職。仕途的坎坷漸漸磨蝕了李商隱對政治的熱情，故他晚年遭罷職後，便回到故鄉滎陽閑居。在文學方面，李商隱是晚唐重要的詩人，其詩多用典故、象徵和比興，詩意也較為隱晦難辨，如〈錦瑟〉、〈無題〉（相見時難別亦難）等詩，都是詞藻華美而詩意迷離隱晦的作品。

> 樂遊原

　　樂遊原位於唐代長安（今西安）城南，地勢頗高，可俯瞰長安城，在秦代原叫作宜春苑，後來漢宣帝在這裏修築「樂遊廟」，人們便改稱為「樂遊原」或「樂遊苑」。唐武后長安年間，太平公主在樂遊原建造亭閣，成為百姓出遊的好去處。在《全唐詩》裏，與樂遊原有關的詩共有四十二首。樂遊原地勢高，騷人墨客站在原上，京城風光盡收眼底，由是觸景生情，引發詩興：站在原上一覽京城繁華，遂生出欣賞車水馬龍之樂，如韋應物〈登樂遊廟作〉：「周覽京城內，雙闕起中央」、「歌吹喧萬井，車馬塞康莊。」遠眺唐太宗之墓（昭陵），便有追憶明君盛世之思，如杜牧〈將赴吳興登樂遊原一絕〉：「欲把一麾江海去，樂遊原上望昭陵。」

名言共賞 📖

　　世上沒有不會凋謝的花朵，也沒有不會衰老的容顏。當我們與這些美好的事物漸行漸遠而無力挽留時，只能徒歎無奈。這種無奈，正是李商隱五言絕句〈樂遊原〉所要表達的感慨。

　　詩的開首明言「意不適」，表示詩人心中鬱悶，他本想駕着馬車登上樂遊原散心，怎料遇上夕陽西下的美景，天地都被太陽餘暉染成一片橙紅色。看着這轉瞬即逝的美景，詩人感歎無力挽留，於是寫下〈樂遊原〉，抒發這種鬱悶。「夕陽無限好，只是近黃昏」便具體地表達了詩人面對美好事物即將消逝的無奈和感慨。

　　古代文人喜歡遊歷名山大川，也不時借自然景物來寄託感受。〈樂遊原〉中，李商隱就通過夕陽美景來抒發感慨。詩作的寫作時間和背景不詳，我們無法得知詩人因何事而「意不適」，後人根據詩的第三、四句，結合詩人的生平遭遇而作出種種猜想，或曰詩人憂慮盛唐不再，或曰詩人慨歎年華老去，或曰詩人悼念亡妻……種種說法皆指詩人因夕陽西下而觸景傷情，盡是悲歎；也

有較樂觀的說法指「只是」古語解作「就是因為」，因此，「夕陽無限好，只是近黃昏」的意思應是：夕陽之所以特別美麗，就是因為它要在一天終結的時候出現，才能造就如此美景。

不論怎樣解讀，〈樂遊原〉反映了李商隱詩的一大特色——觸景生情。除了〈樂遊原〉外，〈西溪〉的「悵望西溪水，潺湲奈爾何。不驚春物少，只覺夕陽多」也借用了溪水、夕陽來表達遲暮之感，彷彿詩人就在自然景象之中看到自己的命運和際遇。

名言活學

夕陽落下了，明天還會再升上來；生命逝去了，卻永不能重來。古往今來，不少詩人對於美好日子不復再、年華漸逝都感到無奈、感慨。讀過以下報道和故事，你又有甚麼看法呢？

開辦長者大學　活出精彩晚年

【本報訊】香港的長者人口不斷增加，不少長者退休後都不知如何打發日子。最近香港大學興辦了「睿智課程」，為退休人士提供中醫藥及保健、哲學、理財、書法、音樂等不同課程，讓長者重拾學習的樂趣，藉此認識更多朋友，擴闊生活圈子。年屆六十八歲的學生梁先生認為他報讀「睿智課程」後，比以前開朗得多，更笑說：「原來老人也可以活得精彩！」

✪ 常言道「人生苦短」，你認為怎樣才能在短暫的人生中活得精彩？

風樹之悲

有一天，孔子在路上聽到有人痛哭，走近一看，原來是皋魚。他問皋魚：「你為甚麼哭得如此悲哀呢？」皋魚答：「我做錯了三件事：年少時只顧求學，沒有照顧雙親；長大後自視清高，不願效力庸君，還跟交情深厚的朋友斷絕來往。樹木想安靜，但風卻繼續吹動；子女想奉養父母，但他們經已不在；時間流逝後不可再追回來，父母離世後永不再見。我還是這樣與世長辭了罷！」皋魚説完後，便像枯槁的樹木般站着死去了。

✖ **為免因為錯過人事而後悔，我們應該如何捉緊重要的時刻？**

醉翁之意不在酒

歐陽修〈醉翁亭記〉

名言溯源

古文

　　環滁皆山也。其西南諸峯，林壑尤美。望之蔚然而深秀者，瑯琊也。山行六七里，漸聞水聲潺潺，而瀉出於兩峯之間者，釀泉也。峯迴路轉，有亭翼然臨於泉上者，醉翁亭也。作亭者誰？山之僧智仙也。名之者誰？太守自謂也。太守與客來飲於此，飲少輒醉，而年又最高，故自號曰醉翁也。醉翁之意不在酒，在乎山水之間也。山水之樂，得之心而寓之酒也。

　　若夫日出而林霏開，雲歸而巖穴暝，晦

今譯

　　環繞滁州的都是山。在它西南面的各個山峯，林木、山谷尤其優美。看上去樹木茂盛而幽深秀麗的，是瑯琊山。沿着山路走六七里，漸漸聽到水聲潺潺，而在兩座山峯之間傾瀉而出的，便是釀泉。山勢迴環，路也跟着轉彎，有亭子四角翹起，像鳥兒展翅那樣高踞在泉上的，是醉翁亭。修建亭子的人是誰？是山中的和尚智仙。為它命名的人是誰？是自稱醉翁的太守。太守和客人來這裏喝酒，(他) 喝一點就醉了，而他的年紀又最大，所以為自己取號醉翁。醉翁的心意不在於喝酒，而在於欣賞山水之間的景色。欣賞山水的樂趣，領會在心裏而寄託在酒上。

　　至於太陽出來，林中的霧氣便消散；煙雲聚攏，山谷巖洞就昏暗

明變化者，山間之朝暮也。野芳發而幽香，佳木秀而繁陰，風霜高潔，水落而石出者，山間之四時也。朝而往，暮而歸，四時之景不同，而樂亦無窮也。

至於負者歌於塗，行者休於樹，前者呼，後者應，傴僂提攜，往來而不絕者，滁人遊也。臨溪而漁，溪深而魚肥；釀泉為酒，泉香而酒洌；山肴野蔌，雜然而前陳者，太守宴也。宴酣之樂，非絲非竹。射者中，弈者勝，觥籌交錯，起坐而喧嘩者，眾賓懽也。蒼顏白髮，頹然乎其中者，太守醉也。

已而夕陽在山，人影散亂，太守歸而賓客從也。樹林陰翳，鳴聲上下，遊人去而禽鳥樂也。然而禽鳥知山林之樂，而不知人之樂；人知從太守遊而樂，而不知太守之樂其樂也。醉

了，幽暗明朗交替變化着的，就是山間早晨和傍晚的景色。野花盛放而香氣清幽，美好的樹木秀麗而繁茂成蔭，天高氣爽，霜色潔白，水位低落，石頭顯露，這些就是山裏四季的景色。早晨前往（山上），黃昏歸去，四季的景色不同，而樂趣也無窮無盡。

至於背着東西的人在路上唱歌，走路的人在樹下休息，前面的人呼喚，後面的人和應，老人和小孩往來而絡繹不絕的，這是滁州人出遊的情況。在溪邊捕魚，溪水深而魚兒肥；以泉水釀酒，泉水香甜而酒質清醇，山中野味野菜，雜亂地在前面擺着，這是太守設宴的情形。宴會暢飲的樂趣，不在於音樂。投壺的人投中了，下棋的人得勝了，酒杯和酒籌（行酒令時計算勝負次數的籤子）交互錯雜，人們時立時坐，大聲喧嚷，這是眾賓客在盡情歡樂的情景。臉色蒼白、頭髮花白，醉醺醺地坐在人羣中，這是太守喝醉了的樣子。

不久夕陽落山，人影亂紛紛的，太守歸去，賓客也跟着一起走。這時樹林一片昏暗，鳥鳴聲忽高忽低，遊人離去後禽鳥便快樂了。不過禽鳥只知道在山林的快

能同其樂，醒能述以文者，太守也。太守謂誰？盧陵歐陽修也。

歐陽修〈醉翁亭記〉

樂，卻不知道人的快樂；人們只知跟隨太守遊玩的快樂，卻不知道太守因他們快樂而感到快樂。醉倒時能夠分享快樂，醒來後能夠用文章來記述這種樂事的人，便是太守了。太守是誰？是盧陵人歐陽修啊。

小百科

▷ 歐陽修（1007-1072 年）

　　歐陽修，字永叔，號醉翁，又號六一居士，吉州盧陵人（今江西永豐縣）。北宋文學家、史學家，官至翰林學士、樞密副使、參知政事（副宰相）。歐陽修四歲喪父，因家貧未能上學，幸得母親用荻稈在地上教他識字，後獲李氏大族借書予他自修，終於在二十四歲中進士，先後在地方和朝廷任職。為官期間，歐陽修曾因作書痛斥右司諫而被貶夷陵，又因支援范仲淹的政治改革而被貶滁州，寫下了傳誦千古的〈醉翁亭記〉，一生著作數百篇，為人熟識的有〈朋黨論〉、〈秋聲賦〉、〈醉翁亭記〉等，亦兼擅詩、詞、賦，是一代文學大家。

▷ 記

　　「記」是一種散文體裁，以記敍或描寫事物為主，兼及抒情和議論，根據內容主要分為四類：以描寫自然風光為主的山水遊記，如柳宗元〈永州八記〉；修築亭台樓閣、觀覽名勝古迹時所寫下記述名勝的文章，如歐陽修〈醉翁亭記〉；專為記述書畫、器物而寫的書畫雜記，如韓愈〈畫記〉；以及以記人敍事為主的人事雜記，如方苞〈獄中雜記〉。

▷ 亭

亭是一種四面無牆的有頂建築物，可用作遮陰、避雨、觀景等。園林專著《園冶》說亭「造式無定」，不但外型不一，建築材料也多樣，有木、石、竹等。《釋名•釋宮室》：「亭，停也，亦人所停集也。」亭的歷史可以追溯至周代，它本是瞭望察敵之所，後成為供行人休息的地方。自南北朝起，亭漸漸成為園林中畫龍點睛的勝景，像「滄浪亭」便是蘇州一所以亭名為園名的園林。至於戶外的亭，漸漸成為了迎賓送客的場所，這類亭多建在路邊和江邊，稱為「路亭」和「渡亭」。《西廂記》便有著名的〈長亭送別〉一幕，「長亭短亭」更引申為「旅程遙遠」的意思。現時，坊間流傳的中國四大名亭包括：安徽滁州的醉翁亭、北京的陶然亭、湖南長沙的愛晚亭和浙江杭州的湖心亭，醉翁亭更有「天下第一亭」之稱。

名言共賞

相信大家對「醉翁之意不在酒」這句話應該不會感到陌生，這句話現在多用以表示「另有意圖」，不知道你對這句名言的本意又知道多少？歐陽修說：「醉翁之意不在酒，在乎山水之間也。山水之樂，得之心而寓之酒也。」照表意看，醉翁貪杯，但為的不是美酒，而是秀麗的山色美景——他是通過喝酒來抒發遊山玩水的快樂。

不過，醉翁真正的快樂，又真的只來自山水之樂嗎？倘若地方長官管治紊亂、不得民心，人民是不會有心情追隨他遊山玩水的。歐陽修顯然深得民心，把滁州管治妥當，所以才有遊山玩水的閑情逸致，更樂於擔任山水遊的「團長」，帶領百姓宴遊，一片和樂。最後作者在一片歡聲笑語中醉醺醺地坐着——他為何而醉？山水美景固然令人讚歎沉醉，但歐陽修能與民同樂，得見滁

州人民生活愜意、政通人和,這才是叫歐陽修這名醉翁沉醉不已的景象。

〈醉翁亭記〉以「樂」為中心,文章隨着不同人、物的樂而開展,先從遊覽醉翁亭的山水之樂,延伸到滁人遊玩之樂、宴酣之樂,再從禽鳥的山林之樂推展至遊人隨太守宴遊之樂,最後歸結至太守之樂:人民快樂,他就快樂,至於飲酒歡宴、遊山玩水都不過是贈慶的活動。寫作〈醉翁亭記〉時,歐陽修被貶滁洲,儘管仕途受挫,他也沒有忘卻為官的責任,把地方管治得井井有條。他不論身處何地,憂國憂民之心始終不變,這與其好友范仲淹「居廟堂之高,則憂其民;處江湖之遠,則憂其君」的政治抱負可說是異曲同工。

古來文人多喜歡小酌,當中「醉翁之意不在酒」的也有不少。歐陽修借酒抒發「樂其樂」的感受,而魏晉時期的詩人阮籍則借醉來逃避政治禍患。以下故事出自《晉書‧阮籍傳》,講述阮籍欲逃避政治聯姻而大醉六十天,表現了他「醉翁之意」背後朝不保夕的惶恐與無法舒展抱負的鬱悶。

阮籍為了逃避這頭親事，連續大醉六十天。

人生感慨

26 兩情若是久長時，
又豈在朝朝暮暮。

秦觀〈鵲橋仙·纖雲弄巧〉

名言溯源

古文

纖雲弄巧，飛星傳恨，銀漢迢迢暗度。金風玉露一相逢，便勝卻人間無數。

柔情似水，佳期如夢，忍顧鵲橋歸路。兩情若是久長時，又豈在朝朝暮暮。

秦觀〈鵲橋仙〉

今譯

纖薄輕盈的雲彩幻化成絢麗優美的圖案，流星傳遞著離恨，牛郎織女悄悄地渡過遙遠的銀河。在秋風送爽、白露紛降的時節相會一次，就已勝過人間多少對凡俗的夫妻。

溫柔纏綿的情意如水一樣連綿不斷，美好的相會如夢一般短暫，分別時不忍心回望那條由喜鵲搭成的橋。若兩人的愛情天地長久，又何必在乎是否朝夕相伴。

小百科

➤ 秦觀（1049-1100 年）

秦觀，字少游、太虛，號淮海居士，北宋揚州高郵（今屬江蘇）人。他屢次考進士落第，至神宗元豐八年（1085 年），因蘇軾

推薦才中進士，先後任秘書省正、國史院編修官等。在新黨掌權後，屬舊黨的蘇軾被排斥，秦觀亦受牽連，數度被貶。後徽宗繼位，召回秦觀為宣德郎，可是他還沒上任，就因憂勞成疾，客死途中，終年五十一歲。秦觀是「蘇門四學士」之一，得到蘇軾的垂青和提攜，但其詞風卻與蘇軾的豪放風格不同，反而受到歐陽修和柳永的婉約詞風影響，內容多圍繞身世感傷、男女之情，筆調婉約清麗，用字淡雅純淨，屬婉約派的代表，世人譽他為「詞宗」，著有《淮海集》。

▷ 牛郎織女

「牛郎」與「織女」本是恆星的名稱。在每年農曆七月七日，織女星會升至天空最高點，在東面與其遙遙相對的就是牛郎星。這天過後，織女星漸往西邊滑落，牛郎星則從東方徐徐升起，兩星距離愈來愈遠。

在古代，民間有以牛郎織女二星為題材的神話故事。相傳凡間的牛郎遇上聰明可愛、手藝靈巧的仙女織女，他們墮入愛河並生兒育女，可是這段仙凡之戀觸怒了天帝，他命王母娘娘把織女抓回天庭。牛郎得到仙牛幫助，以籮筐挑着兒女追上。快要追上的時候，王母娘娘金簪一劃，牛郎腳下出現了一道壯闊洶湧的天河，把夫妻二人分隔開來，他們只能隔着天河遙望痛哭。這時，哭號感動了喜鵲，無數喜鵲飛向天河，搭起一座鵲橋，讓他們在橋上相會。王母娘娘受到感動，便允許牛郎和織女在每年的七月七日相會一次，而這天也成為了中國民間節日「七夕節」。

名言共賞

　　自古以來，牛郎和織女的淒美傳說都是不少文學作品的主題，《古詩十九首》中的「迢迢牽牛星，皎皎河漢女」、「河漢清且淺，相去復幾許」，杜甫〈牽牛織女〉的「牽牛出河西，織女處其東。萬古永相望，七夕誰見同」都表達了牛郎織女的相思之苦，而秦觀的〈鵲橋仙‧纖雲弄巧〉不但表達了二人分離的痛苦，還道出了愛情的真諦：「兩情若是久長時，又豈在朝朝暮暮。」真正的愛情經得起考驗，不因長久分離而改變，即使不能朝夕陪伴在側，愛意仍然長存。

　　愛情是文學作品常見的題材，古往今來，多少女子因為丈夫出征、經商或赴京考試而獨守空閨，從古詩篇《古詩十九首》起，不少詩作都假借女子之口，抒寫對遠行在外的伴侶的思念，如〈客從遠方來〉「相去萬餘里，故人心尚爾」就道出了即使與丈夫分離甚遠，但堅信對方從一而終的情思仍；〈凜凜歲雲暮〉「獨宿累長夜，夢想見容輝」則表達了夢見丈夫的思念之情。至北宋秦觀〈鵲橋仙‧纖雲弄巧〉，更進一步否定眷戀朝歡暮樂的庸俗感情，歌頌天長地久的忠貞愛情。

　　詞的上闋以「纖雲弄巧，飛星傳恨，銀漢迢迢暗度」描繪七夕美景，帶出牛郎織女相愛卻不能相守的愛情故事：在七夕之夜，牛郎織女通過鵲橋跨越銀河，「迢迢暗度」表現出兩人分隔之遙、相見之難。雖然如此，二人仍然堅持每年在這天相聚。接着詞人有感而發：「金風玉露一相逢，便勝卻人間無數。」相逢的珍貴，不只因次數稀少，更是貴在真摯愛情的體現——牛郎織女遭銀河分隔，彼此的愛卻始終沒有給消磨掉。反觀世間多少情侶往往經不起時間和距離的沖擊，無法長久維繫。詞人巧妙地運用了「一」與「無數」作對比，突出了「一相逢」的獨特性，令人思考真摯、純潔、永恆的愛情是如何獨一無二。

　　下闋以「柔情似水，佳期如夢，忍顧鵲橋歸路」開首，表現牛郎織女相會時的柔情蜜意和複雜情感。綿長如水的感情、短暫得像夢一樣的相聚，使接下來的再度別離分外難受，因此「忍顧鵲橋歸路」所包含的除了是依戀和愛意外，還有無盡的惆悵。然而，詞人沒有進一步渲染離別之苦，反而以「兩情若是久長時，又豈在朝朝暮暮」作結，可謂此詞的一大轉折和點睛。這一句盡訴詞人的愛情觀：眷戀於朝朝暮暮的相依相守，不過是人世間庸俗的感情；對牛郎織女來說，每年只有一刻的相聚也無法阻礙彼此相愛，這份感情才最真摯永恆，這也是每天相聚的凡人情侶無法體會的幸福。

　　秦觀珍視愛情，寫下了傳誦千古的名句，提醒世人愛情的真諦。在中國文學中，還有不少以愛情為主題的佳作。宋代文豪蘇軾就曾寫過一首紀念亡妻的詞〈江城子•十年生死兩茫茫〉，當時蘇軾的妻子離世已十載，但蘇軾對她的愛意並沒有隨時日流逝而減退，反之愈發深厚。

蘇軾十九歲時，與十六歲的王弗結婚，二人婚後十分恩愛。

名言活學

神話裏，牛郎織女的愛情不因時間、地域阻隔而改變，受到世人稱頌和羨慕，人世間是否也有矢志不渝的愛情呢？

一步一生　重慶男背妻走路三十三年

【本報訊】五十六歲的重慶人胡章明與妻子王承敏結婚三十三年，他每天都背着因小兒麻痺症而無法行走的太太走上六十多級、青苔叢生的石板，來到磁器口街，成為鄰里之間的佳話。胡章明說：「我要一直背着她，直到背不動為止。」

王承敏現年五十八歲，體重達一百多斤，胡章明背着她，難免會累。「年輕時，總是兩步兩步地走，現在老了，只能一步步地走了。」王承敏笑說：「他就是我的腿。」兩人幾乎天天出門，只要天氣不太壞，頭髮花白、肩背微駝的胡章明也堅持背妻子外出。在冬天，王承敏雙腿都會僵硬麻痺，胡章明便每天給妻子燙腳、按摩，沒讀過書的他甚至學會了中醫拔罐，只為了給妻子舒緩痛楚。鄰居黃女士說：「沒見過他喊累。他們不富裕，但感情挺好的。」在外人看來，胡章明很木訥，甚至有些傻。他不懂認時間，買菜不懂講價，常被人欺負，但王承敏認為丈夫只是木訥而並不是傻。

✪ 你認為在美好的愛情關係裏，除了要忠於對方外，還要有甚麼表現？

美文欣賞

五、人生感慨

【導讀】季羨林在〈黃昏〉中慨歎人們忽略身邊美好的事物,「把黃昏關在門外」,錯過「夕陽無限好」的短暫美景。於是,他通過敏銳的觀察和豐富的想像,運用比喻、擬人、通感等多種手法描寫黃昏,勾畫出一幅瑰麗的「黃昏來去圖」。讀這篇文章,就像跟作者來一趟「黃昏深度遊」,從不同的角度欣賞黃昏。作者以問句貫穿全文,開篇以「有幾個人覺到這黃昏的存在呢?」一句引出下文,再仔細描寫黃昏來去的景致,直至黃昏「走了」,他就發出「還有甚麼可問」的慨歎,呼應首段,深化主題。文章看似隨想隨問,但中心思想明確清晰,是「形散而神不散」的散文典範。

黃昏

季羨林

　　黃昏是神秘的,只要人們能多活下去一天,在這一天的末尾,他們便有個黃昏。但是,年滾着年,月滾着月,他們活下去有數不清的天,也就有數不清的黃昏。我要問:有幾個人覺到這黃昏的存在呢?——

　　早晨,當殘夢從枕邊飛去的時候,他們醒轉來,開始去走一天的路。他們走着,走着,走到正午,路陡然轉了下去。彷彿只一溜,就溜到一天的末尾,當他們看到遠處彌漫着白茫茫的煙,樹梢上淡淡塗上了一層金黃色,一羣羣的暮鴉馱着日色飛回來的時候,彷彿有甚麼東西輕輕地壓在他們的心頭。他們知道:夜來了。他們渴望着靜息,渴望着夢的來臨。不久,薄冥的夜色糊了他們的眼,也糊了他們的心。他們在低矮的小屋裏忙亂着,把黃昏關在門外,倘若有人問:你看到黃昏了沒有?黃昏真美啊,他們卻茫然了。

　　他們怎能不茫然呢?當他們再從屋裏探出頭來尋找黃昏的時候,黃昏早隨了白茫茫的煙的消失,樹梢上金黃色的消

189

失，鴉背上日色的消失而消失了。只剩下朦朧的夜。這黃昏，像一個春宵的輕夢，不知在甚麼時候漫了來，在他們心上一掠，又不知在甚麼時候走了。

黃昏走了。走到哪裏去了呢？──不，我先問：黃昏從哪裏來的呢？這我說不清。又有誰說得清呢？我不能夠抓住一把黃昏，問它到底：從東方麼？東方是太陽出的地方。從西方麼？西方不正亮着紅霞麼？從南方麼？南方只充滿了光和熱，看來只有說從北方來的最適宜了。倘若我們想了開去，想到北方的極端，是北冰洋，我們可以在想像裏描畫出：白茫茫的天地，白茫茫的雪原，和白茫茫的冰山。再往北，在白茫茫的天邊上，分不清哪是天，是地，是冰，是雪，只是朦朧的一片灰白。朦朧灰白的黃昏不正應當從這裏蛻化出來麼？

然而，蛻化出來了，卻又擴散開去。漫過了大平原，大草原，留下了一層陰影；漫過了大森林，留下了一片陰鬱的黑暗；漫過了小溪，把深灰色的暮色溶入琤琮的水聲裏，水面在闃靜裏透着微明；漫過了山頂，留給它們星的光和月的光；漫過了小村，留下了蒼茫的暮煙……給每個牆角扯下了一片，給每個蜘蛛網網住了一把。以後，又漫過了寂寞的沙漠，來到我們的國土裏。我能想像：倘若我迎着黃昏站在沙漠裏，我一定能看着黃昏從遼遠的天邊上跑了來，像──像甚麼呢？是不是應當像一陣灰蒙的白霧？或者像一片擴散的雲影？跑了來，仍然只是留下一片陰影，又跑了去，來到我們的國土裏，隨了彌漫在遠處的白茫茫的煙，隨了樹梢上的淡淡的金黃色，也隨了暮鴉背上的日色，輕輕地落在人們的心頭，又被人們關在門外了。

但是，在門外，它卻不管人們關心不關心，寂寞地，冷落地，替他們安排好了一個幻變的又充滿了詩意的童話般的世界，朦朧微明，正像反射在鏡子裏的影子，它給一切東西塗上銀

灰的夢的色彩。牛乳色的空氣彷彿真牛乳似的凝結起來。但似乎又在軟軟地黏黏地濃濃地流動裏。它帶來了闃靜，你聽：一切靜靜的，像下着大雪的中夜。但是死寂麼？卻並不，再比現在沉默一點，也會變成墳墓般地死寂。彷彿一點也不多，一點也不少，優美的輕適的闃靜軟軟地黏黏地濃濃地壓在人們的心頭，灰的天空像一張薄幕；樹木，房屋，煙紋，雲縷，都像一張張的剪影，靜靜地貼在這幕上。這裏，那裏，點綴着晚霞的紫暈和小星的冷光。黃昏真像一首詩，一支歌，一篇童話；像一片月明樓上傳來的悠揚的笛聲，一聲繚繞在長空裏亮唳的鶴鳴；像陳了幾十年的紹酒；像一切美到說不出來的東西。說不出來，只能去看；看之不足，只能意會；意會之不足，只能讚歎。——然而卻終於給人們關在門外了。

給人們關在門外，是我這樣說麼？我要小心，因為所謂人們，不是一切人們，也決不會是一切人們的。我在童年的時候，就常常呆在天井裏等候黃昏的來臨。我這樣說，並不是想表明我比別人強。意思很簡單，就是：別人不去，也或者是不願意去，這樣做。我（自然也還有別人）適逢其會地常常這樣做而已。常常在夏天裏，我坐很矮的小凳上，看牆角裏漸漸暗了起來，四周的白牆上也佈上了一層淡淡的黑影。在幽暗裏，夜來香的花香一陣陣地沁入我的心裏。天空裏飛着蝙蝠。簷角上的蜘蛛網，映着灰白的天空，在朦朧裏，還可以數出網上的線條和黏在上面的蚊子和蒼蠅的屍體。在不經意的時候驀地再一抬頭，暗灰的天空裏已經嵌上閃着眼的小星了。在冬天，天井裏滿鋪着白雪。我蜷伏在屋裏。當我看到白的窗紙漸漸灰了起來，爐子裏在白天裏看不出顏色來的火燄漸漸紅起來，亮起來的時候，我也會知道：這是黃昏了。我從風門的縫裏望出去：灰白的天空，灰白的蓋着雪的屋頂。半彎慘澹的涼月印在天上，雖然有點兒淒

涼；但仍然掩不了黃昏的美麗。這時，連常常坐在天井裏等着它來臨的人也不得不蜷伏在屋裏。只剩了灰蒙的雪色伴了它在冷清的門外，這幻變的朦朧的世界造給誰看呢？黃昏不覺得寂寞麼？

但是寂寞也延長不多久。黃昏仍然要走的。李商隱的詩說：「夕陽無限好，只是近黃昏。」詩人不正慨歎黃昏的不能久留嗎？它也真的不能久留，一瞬眼，這黃昏，像一個輕夢，只在人們心上一掠，留下黑暗的夜，帶着它的寂寞走了。

走了，真的走了。現在再讓我問：黃昏走到哪裏去了呢？這我不比知道它從哪裏來的更清楚。我也不能抓住黃昏的尾巴，問它到底。但是，推想起來，從北方來的應該到南方去的吧。誰說不是到南方去的呢？我看到它怎樣走的了。——漫過了南牆，漫過了南邊那座小山，那片樹林，漫過了美麗的南國。直到遼曠的非洲。非洲有聳峭的峻嶺；嶺上有深邃的永古蒼暗的大森林。再想下去，森林裏有老虎——老虎？黃昏來了，在白天裏只呈露着淡綠的暗光的眼睛該亮起來吧。像不像兩盞燈呢？森林裏還有莽蒼葳蕤的野草，比人高。草裏有獅子，有大蚊子，有大蜘蛛，也該有蝙蝠，比平常的蝙蝠大。夕陽的餘暉從樹葉的稀薄處，透過了架在樹枝上的蜘蛛網，漏了進來，一條條的燦爛的金光，照耀得全林子裏都發着棕紅色。合了草底下毒蛇吐出來的毒氣，幻成五色絢爛的彩霧。也該有螢火蟲吧。現在一閃一閃地亮起來了。也該有花；但似乎不應該是夜來香或晚香玉。是甚麼呢？是一切毒豔的惡之花。在毒氣裏，不正應該生惡之花嗎？這花的香慢慢溶入棕紅色的空氣裏，溶入絢爛的彩霧裏。攪亂成一團；滾成一團暖烘烘的熱氣。然而，不久這熱氣就給微明的夜色消溶了。只剩一閃一閃的螢火蟲，現在漸漸地更亮了。老虎的眼睛更像兩盞燈了。在

靜默裏瞅着暗灰的天空裏才露面的星星。

然而，在這裏，黃昏仍然要走的。再走到哪裏去呢？這卻真的沒人知道了。──隨了淡白的疏稀的冷月的清光爬上暗沉沉的天空裏去麼？隨了瞅着眼的小星爬上了天河麼？壓在蝙蝠的翅膀上鑽進了屋簷麼？隨了西天的暈紅消溶在遠山的後面麼？這又有誰能明白地知道呢？我們知道的，只是：它走了，帶了它的寂寞和美麗走了，像一絲微颸，像一個春宵的輕夢。

是了，──現在，現在我再有甚麼可問呢？等候明天麼？明天來了，又明天，又明天。當人們看到遠處彌漫着白茫茫的煙，樹梢上淡淡塗上了一層金黃色，一羣羣的暮鴉馱着日色飛回來的時候，又彷彿有甚麼東西輕輕地壓在他們的心頭，他們又渴望着夢的來臨。把門關上了。關在門外的仍然是黃昏，當他們再伸頭出來找的時候，黃昏早已走了。從北冰洋跑了來，一過路，到非洲森林裏去了。再到，再到哪裏，誰知道呢？然而，夜來了，漫漫的漆黑的夜，閃着星光和月光的夜，浮動着暗香的夜……只是夜，長長的夜，夜永遠也不完，黃昏呢？──黃昏永遠不存在人們的心裏的。只一掠，走了，像一個春宵的輕夢。

【導讀】林文月的散文多在生活瑣事中取材，然後抒發深刻的體會和人生哲理，這篇也不例外。〈幸會〉通過記敍作者與陌生女孩「幸會」一事，抒發世事難料，「不可解釋、無由道歉」之憾。這篇文章心理描寫出色：從悠閒地等待朋友、氣憤朋友失約、慶幸女孩邀約、懊惱自己誤會朋友、平靜下來欣賞演出、擔心女孩跟男友的發展——作者一邊敍事，一邊描寫自己的心情變化，使讀者猶如親歷其境，感受她的心情起伏。同是天涯淪落人，相逢何必曾相識，作者雖然不知道女孩的姓名，但這次的「幸會」，已為她的人生帶來一次美好且深刻的回憶。

幸會

林文月

　　那晚的戲定七時半開幕，我到達社教館前的廣場時，還不到七點鐘。提早出門是因為這時間交通路況難以逆料，而我又沒有戲票，約好了開演前在剪票口取票子的。

　　高低參差的廣場上，已經有三五成羣的觀眾等候入場。多數是學生模樣的男女，也有情侶們親密地靠近坐在石凳上，不知談說些甚麼，非常幸福的樣子。水銀燈的藍色光線冷冷地照射在乾寒的紅磚地上。風吹時，格外有一種寒意，我把風衣大領拉起，雙手插入口袋中，悠閒地來回踱着。對面沿街的店面，各色霓紅燈齊閃，卻不怎麼刺目，其實更有車輛行人熙來攘往，也不怎麼喧囂，大概置身於這個廣場之上期待一場藝術的演出，心中自有一種寧靜，不易受外物干擾的吧。

　　偶爾，也踱回到大門前。尚未開啟的玻璃門內，已見服務人員忙碌地準備種種。左側售票口前，排成一列隊伍，依次前進購票。我的一位朋友改編這齣戲，要招待一些人，卻忙得無空寄票子，所以約好大家在開演前取票。編劇本的朋

友顯然是忙碌到開演前此刻，所以還沒有出現在玻璃門前。總要等到門啟之後他才會出現的吧，我想；遂又回踵繼續散步。廣場上的人羣愈來愈密，倒令孤單的我愈來愈自在。我緩緩踱步，試圖在人羣中找尋一些熟悉的面孔，但那麼多男女老少的臉在眼前，竟無一張認識的。台北有時候很小，到處遭遇熟人，又有時這麼大，茫茫人海，全都是陌生人。

　　大門終於開啟，羣眾很自然就從散漫狀況排成兩行隊伍。我雖然到得很早，卻由於無戲票，只能置身於隊伍之外，成為腼腆的旁觀者，看着眾人逐步通過自己面前，慢慢被大門吞吸進去。

　　編劇本的朋友依然沒有出現在剪票口，人羣之中彷彿見得幾張似曾相識的面孔，然而期待的熟人也還是不知在何處。

　　我開始焦急起來，便靠近剪票口探問，然而剪票的人員只專注撕票，似乎都與此戲的編劇事務絲毫不相干；而我微弱的聲音，也很快被洶湧的人潮喧嚷淹沒無聞了。手錶準確地指示七時二十五分。這場戲若是依時開幕，則只餘五分鐘的時間了。不知道是甚麼事情耽誤了朋友？我不是不守時的人。所幸，隊伍仍排長到廣場的轉角處，緩慢移進，我猜測，恐怕是不會準時開演了。再等五分鐘，朋友若不出現的話，只好雇車回家；現在想買票也來不及了，售票口已掛出客滿的牌子。心裏除焦躁，似乎又屢雜一些生氣的成分。

　　大概又等了兩分鐘光景，每一秒鐘都過得極快又極緩慢。我的雙目因努力張大尋找人而變得疲憊乾澀，恐怕還佈滿血絲呈現紅腫的吧。這時，忽有一張年輕女子姣好的臉浮現在我眼前，復以溫柔令人愉悅的聲音說：「對不起。請問你是在等人嗎？」於得悉我久候不見朋友，她又說：「我有兩張票子，還算不錯的位置。我的朋友大概是不會來了。你願意同我一起欣賞嗎？」我為自己設定的時限已到，這個邀請意外地稱心，遂跟隨她進入社教館內。

　　座次果然不差，在較靠後段的中央部位。我和陌生的年輕女性並肩而坐，有些局促不安，不知應説些甚麼客氣話才好，而不説客氣話則似乎更為不妥。正覺得有另一種腼腆之際，鈴聲響起，乃以微笑替代言語。我看見她也友善地微笑時，燈光轉暗，布幕徐徐升起。

　　令人十分訝異的是，偌大的舞台上竟然一無佈景，也無人影。少頃，有穿着及地白衣制服的婦女魚貫出場，排成三行，然後，是一位中年的男性指揮。待全場肅靜之後，歌聲悠揚隨指揮棒而充溢於大廳內。是一首英文歌曲。

　　朋友曾經在電話裏告訴我：這次為一齣民間傳統的老戲作嶄新破格的安排，但我沒有料到他的新嘗試有如此大膽，中西融合，而且玄虛抽象！

　　第一首歌唱完後，合唱團並未退下，繼續又唱第二首。這次所唱的是耳熟能詳的彌賽亞曲子。我開始有些疑惑起來，這是甚麼樣的老戲新編呢？簡直就像演唱會，而這個想法又令我不免徹底疑惑起來。待第三首曲也唱出和平的宗教歌時，我乃恍然大悟，必定是自己弄錯了場地。那一齣由朋友改編的民間老戲，大概是在國父紀念館演出無疑。難怪找不到送票的編劇，也不見其餘的熟人啊。

　　第一個單元演唱完後，白衣裳的合唱團員退入後台，我向鄰座的伴侶借來節目單看，證實這的確是年終彌賽亞演唱會，係由主婦合唱團與另一個音樂團體聯合主辦。

　　時間已經過了八點，想來，在另一個地方，我的朋友必然也會焦躁、失望，以為我爽約，而此刻大概已經回到工作崗位了吧。我懊惱萬分，真正坐不安席，卻完全無計可施，只能依然坐在原位置上繼續聆聽演唱。

　　台上順利地依順序進行節目，聽眾肅靜，偶有咳嗽聲。礙於客觀環境，我的心境逐漸平靜下來，平靜的心，令我能夠客觀地欣賞：這是一個相當努力的業餘合唱團，精神可

感，但水準不高。

中場休息時間，邀我的女孩子問我意見如何？我不便過分率直，便笑答：「還不錯。」而她倒是坦然説道：「不怎麼好，相當業餘的表現。」又説：「你若是不想聽，請先走吧。」如今再趕到國父紀念館看下半場戲，也無甚意義，而且半途退出也頗不禮貌，不如繼續聽完下半場。她粲然一笑，也願意相伴繼續欣賞這個彌賽亞演唱會。

休息時間有人起身出入，然而我們都沒有離席，淡淡交換着聽音樂會的經驗。她於兩年前自某專科學校畢業，學生時代是合唱團員，如今雖在商界工作，依然常聽各種的音樂會，尤愛聲樂演唱。至於我，每年都有聽音樂會的機會，卻算不得是狂熱的聽眾；生活忙碌，許多喜愛的事情未必做得到。我沒有告訴她：今晚倘非一時糊塗，理當坐在另一個地方欣賞一齣戲劇才對。

直到終場，我們才起身離席。在狹窄的走道上，我發現她是一位高挑的女孩子。我謝謝她邀請我聽演唱會，她笑説：「其實，應該是我謝謝你才對，因為你陪我聽這演唱會。」在走出廊道的時候，她告訴我：「説實在的，先前有人要我讓出一張票子，我沒答應。我是在等朋友的時候，觀察你很久，才決定邀請你一起欣賞的。」但先前我太焦慮，所以完全不知道自己被人觀察了許久。

走出社教館，街邊站着許多候車的人。我欠這位高挑的女孩一份情，所以想雇車送她回家；而她的家在新店，堅持要送我。我們在夜色中為了客氣的緣故爭執了一下，最後妥協：由我送到公館的圓環，她再搭乘公車回去。

在計程車內，她問：「如果換做你，今晚會不會像我這樣一個人欣賞音樂會呢？」遂即迅速地説明景況：她原本是買了票子約好與做實習醫生的男友一起聽唱的，但因為男友爽約，而自己又不甘願委屈落寞，才邀我共賞。「但是，你

的朋友如果遲些來到的話，怎麼辦呢？」我不禁反問。「遲到的人是不配聽音樂會的。」她斷然回答。「你說，他是實習醫生，會不會臨時有甚麼事情羈絆⋯⋯」我倒有些擔憂。「應該不會的，」年輕的她信心十足地說，「明天，我要看他怎麼解釋遲到的理由。」「如果他今晚打電話來呢？」「今晚？我不接電話。」那矜持的口吻，也是十足年輕。我彷彿在記憶中的甚麼角落熟悉這樣的矜持和這樣的信心。車子急速地通過依舊繁華熱鬧的夜台北，我漫覽着車窗外破碎的燈光，心中忽有一種失落的感覺冉冉升起。

「老闆，請你在對面的街角停車。」我倒是第一次聽到這樣稱呼計程車司機。她轉過臉禮貌地對我說：「謝謝你送我，也再次謝謝你陪我聽彌賽亞。再見，幸會啦。」她沒有給我再度表示謝忱的時間，便輕盈地下車。待司機老闆掉轉車頭過來，燈火通明的夜街，已不見那高挑的身影，只聞寒風瑟颯，夜正繁華而寂寞。

這已是兩年前的事情，但不知甚麼緣故，有時獨行於市街，我常常會想起，偶然在人羣擁擠的場合，也不免期待有一個 ⑤ 陌生而又彷彿熟悉的人影走近來。不過，偶然的事情，大概是不會再發生的了。那位爽約的實習醫生究竟是被何事耽誤的？有禮而又倔強的女孩有沒有接受解釋與道歉的機會呢？人生的歡愁，有許多預料不及之事，而閱世漸多後，復知人生有時又難免於一些意外，造成不可解釋無由道歉之憾。對於有緣並肩共賞彌賽亞的女孩，和她所敍說的片段，以及她無法對我敍說的事情發展或演變，我的關懷確乎不僅止於好奇。然而，那晚讓她在公館的圓環下車後，便無緣再見面了。臨別之際，她曾說過「幸會」，但我們並未互相通報姓名，也沒有彼此交換地址。說實在的，我已不復記得她姣好的五官模樣了，即使再相見，也未必還能認識；只是，往往不免徒然地想起那個女孩子和她的事情，尤其當街頭寒風瑟颯時。

【導讀】談到難忘的愛情關係，不一定要像牛郎織女般分隔千里，每年一聚才令人動容。小思在〈一對鳥的故事〉就記述了一對彩鳳的愛情故事，她運用了不同的記敍手法，記述了一對雌雄彩鳳由相識、相處，到雄雀患病、死去時雌雀的表現，讓讀者發現原來在動物身上也可領悟出伴侶的相處之道，夫妻之愛。文章穿梭於眼前和回憶的片段，有了這些今昔對比，更使人同情失去體貼伴侶的雌雀。面對鳥兒面臨「死別」，作者也只能慨歎：「我無能為力了，就等於我對你的無能為力。」文章至此滲出淡淡哀傷。看過這一對彩鳳的故事，相信讀者會明白到，理想的愛情關係所包含的，除了忠貞不二外，也要相濡以沫、彼此包容。

一對鳥的故事

小思

藍豬快要死了，看着牠急急喘氣，一天比一天憔悴，這是我意想不到的。

對於藍豬，我很矛盾。牠是惟一我親自由雀仔街買回來的一隻雀。朦豬自窗外無端飛來後一個星期，我怕牠孤單，決定為牠找一個伴。那天下午，到雀仔街去，先打探彩鳳雌雄的分法——七年來，為了朦豬，我幾乎變成彩鳳專家，最初我卻連雌雄都不辨。在幾十隻彩鳳堆在一起的骯髒鐵籠裏，我一眼就看中藍豬，因為牠沒有跟別的雀擠在一塊，獨個兒站貼欄邊，顧盼自豪的樣子，加上毛色鮮明，靚得緊要。雀販伸手入籠，牠上下飛撲，但還是很快就給捉住。帶牠回家，打開紙袋，牠竟不肯進籠，我用手指撩撥，牠發狠咬我一口。擾攘之際，朦豬自籠門探頭進紙袋，細細叫了幾聲，藍豬就跳出來進了籠。

其實，我這樣放新鳥入籠，已經犯了很大的錯誤，通常

舊鳥是地主，新鳥闖入，總會被打得甩毛折翼。朦豬並沒有欺生，只是有點好奇，整天站得貼近藍豬，低低地叫。幾天過後，藍豬適應了新環境，開始上下飛動一下，胃口相當好，但惡性也發作了。儘管朦豬怎樣討好牠——朦豬斯文，是最顯明特性之一，偶爾不留神，藍豬就會「失驚無神」大力啄它。朦豬從不反抗，不吭一聲，仍然站在附近。

日子過得快，牠們熟落了，早上傍晚，就會親熱的反哺，看來牠們真是天生一對。觀察這一對鳥，讓我明白夫妻關係，實在不簡單。日後，朦豬對藍豬的細意呵護和無盡的容忍，而藍豬那種不假辭色的冷漠，甚至拒人千里的惡意，令我深深感到很對不起朦豬。

藍豬對人對事不信任，反應動作也因此十分遲緩。我說牠遲緩，其實有點不對，牠是有所待，萬樣事都等朦豬做了嘗試了，牠才跟着做。一直以來，牠就只信任朦豬，這該由牠初學飛出籠外飛返籠中那一次說起。

星期天早上，我們總會打開籠門，讓鳥兒自由進出，在客廳飛來飛去。藍豬初來，門打開了，牠不敢出來，朦豬早已在外邊打了好幾個轉，回頭見牠還未動身，就回到籠裏陪它一陣，在牠身邊細語呢喃，然後進出鳥籠三次，示範給牠看。終於藍豬也飛出來了。可是，牠太慌張，一頭撞到櫥櫃的玻璃上，再撞到地上，朦豬趕快飛到牠身旁，陪牠一起飛，兜轉一回，才帶着牠飛回籠裏，這是我無法忘記的一幕：朦豬教藍豬飛進飛出。以後的日子，甚麼噪音異動，朦豬總會在第一時間護在藍豬身旁，雖然很多時候，朦豬自己也驚魂未定，牠仍先飛到妻子身邊才繼續喘氣。

朦豬永遠先吃第一口粟後就讓給藍豬去吃個飽，自己待在旁邊，不會爭吃，讓牠坐最好的位置，不會佔坐。藍豬倒像份該如此的，很不客氣。牠常常用力啄朦豬，對朦豬毫不理會。我叫它「木雀」，儘管朦豬在旁邊興奮唱歌，牠竟可

以紋風不動，不望朦豬一眼。我常說對不起朦豬，就是竟為牠找了一隻這樣無情的伴侶。

六年來，朦豬已經過慣對住「木雀」的生活，親熱反哺搔癢的時候愈來愈少，但細意呵護的態度卻沒改變。朦豬去後，藍豬一直沒有甚麼反應，依舊木然坐着，可是一兩星期過後，我才察覺牠起了變化。

我說對藍豬的感情變得很矛盾，除了因為牠對朦豬不好之外，還有就是我愈來愈討厭牠，特別在朦豬嘴角患了腫瘤、病情嚴重期間，牠竟嫌棄了，不讓朦豬親近，更常常用力啄這可憐的伴侶。好幾次，我伸手進籠打它，朦豬卻勉力跳來扯我的衣袖。朦豬如此愛它，我也只好收起對牠憎厭之情了。朦豬去後，別的同伴，都顯得不安和沉默，牠一向沒表情，我總以為「傷逝」與牠無干。

木然坐着，是牠一貫的神情。可是，一兩個星期過後，牠開始長時間的把頭埋在背後羽毛中睡，偶有聲響或人影閃動，牠就驚惶飛撲。平日，牠總愛獨佔高枝，細細整理那身鮮藍、層次分明的羽毛。挺直軀體，顯示着唯我獨尊的儀態。現在，羽毛疏鬆，眼睛常常失神開閉，有時會身體平放，像躲避甚麼似的。慌失失，這個廣東詞匯，最能描繪牠近幾星期的表現。氣喘得愈來愈急，細幼的毛也脫落不少，背上羽毛失去光澤，吞食粟粒困難，吃一口停一陣。想起朦豬對牠的萬般憐愛，如今俱往矣，我忽然對牠同情起來。

失去倚傍，沒有慣常護住自己的伴侶，藍豬慌張了。我並不知道雀鳥有沒有回憶能力，如果有的話，牠一定會想起朦豬在身邊的日子。也許，牠還會後悔當日對朦豬那麼不體貼。也許，牠會在夢中，偎着朦豬那身燦綠。也許……旁人實在無法估計牠倆的真正感情。

看着憔悴損瘦的藍豬，正倚在籠邊，閉目喘氣，我心隱

隱作痛。朦豬，我無能為力了，就等於我對你的無能為力。 **7**
這是一對彩鳳的夫妻故事。

思考點

1 〈黃昏〉第3段以問句開首，這問句在文章結構上起了甚麼作用？

2 季羨林説黃昏在門外替人們安排了幻變而充滿詩意的童話世界，他從哪些感官角度描寫這「門外的世界」？試舉例説明。

3 試簡述季羨林童年時在冬天見到的黃昏景色，並指出這個景色突顯了黃昏哪個特點。

4 為甚麼林文月詳細交代演唱會上半場的表演，下半場的表演卻只是簡略一提？

5 為甚麼林文月會期待在人羣擁擠的場合，重遇昔日邀她欣賞演唱會的女孩？

6 小思為甚麼會對藍豬產生矛盾的感情？

7 〈一對鳥的故事〉佈局精妙，試説明這篇文章怎樣運用記敍手法。

8 〈黃昏〉的作者指人們常常無法發現身邊美好的事物，你認為在〈一對鳥的故事〉中，藍豬是否犯了同樣的毛病？試説説你的看法。

參考答案見219頁

附 錄

- 名言出處一覽
- 與名言相關的中國歷史人物
- 與名言相關的中國文化知識
- 名言延伸小故事
- 美文欣賞•思考題參考答案

名言出處一覽

朝代	體裁	名言出處	頁數
先秦	散文	《尚書‧虞書‧大禹謨》 ❶ 滿招損，謙受益。	2
		《論語‧為政》 ⓫ 學而不思則罔，思而不學則殆。	80
		《論語‧公冶長》 ⓬ 敏而好學，不恥下問。	85
		《論語‧述而》 ❷ 君子坦蕩蕩，小人長戚戚。	9
		《論語‧憲問》 ❼ 知其不可而為之	44
		《孟子‧梁惠王上》 ⓱ 老吾老，以及人之老；幼吾幼，以及人之幼。	118
		《孟子‧滕文公下》 ❸ 富貴不能淫，貧賤不能移，威武不能屈。	14
		《墨子‧所染》 ⓲ 染於蒼則蒼，染於黃則黃。	124
		《禮記‧儒行》 ❻ 士可殺不可辱	38
		《管子‧牧民》 ❽ 倉廩實，則知禮節；衣食足，則知榮辱。	50
	詩	《詩經‧大雅‧蕩之什‧抑》 ⓰ 投我以桃，報之以李。	114
兩漢、 魏晉 南北朝	散文	司馬遷《史記‧滑稽列傳》 ❾ 不鳴則已，一鳴驚人。	55
		《淮南子‧人間訓》 ㉑ 塞翁失馬，焉知非福。	154
		諸葛亮〈後出師表〉 ❿ 鞠躬盡瘁，死而後已。	62

朝代	體裁	名言出處	頁數
兩漢、魏晉南北朝	散文	傅玄《傅子・口銘》 ❹ 病從口入，禍從口出。	19
	詩	陶淵明〈移居二首〉（其一） ⓭ 奇文共欣賞，疑義相與析。	89
唐、宋	散文	蘇軾〈賀歐陽少師致仕啟〉 ❺ 大勇若怯，大智如愚。	25
	詩	杜甫〈自京赴奉先縣詠懷五百字〉 ⓳ 朱門酒肉臭，路有凍死骨。	128
		李白〈將進酒〉 ㉒ 天生我材必有用	160
		顏真卿〈勤學〉 ⓯ 黑髮不知勤學早，白首方悔讀書遲。	98
		白居易〈琵琶行〉 ㉓ 同是天涯淪落人，相逢何必曾相識？	165
		李商隱〈樂遊原〉 ㉔ 夕陽無限好，只是近黃昏。	170
		歐陽修〈醉翁亭記〉 ㉕ 醉翁之意不在酒	174
	詞	秦觀〈鵲橋仙・纖雲弄巧〉 ㉖ 兩情若是久長時，又豈在朝朝暮暮。	181
元、明、清	散文	劉基〈賣柑者言〉 ⓴ 金玉其外，敗絮其中。	134
	諺語	《增廣賢文》 ⓮ 書到用時方恨少，事非經過不知難。	95

與名言相關的中國歷史人物

人物	簡介	頁數
禹	夏朝開國君主，後世尊稱大禹，成功治理天下洪水。	4
伯益	帝舜的大臣，曾扶助大禹治水。	4
管子 （管仲）	春秋時期齊國宰相，輔助齊桓公成為春秋首霸，被譽為「法家先驅」，尊稱為管子。	51
孔子	春秋時期魯國人，儒家學派始創人，後世奉為「萬世師表」。	9
子路	春秋時期人，侍奉孔子最久的學生，「孔門十哲」之一，是政事科的高材生，與孔子亦師亦友。	44
孔文子 （孔圉）	春秋時期衛國的上卿大夫，掌管外交事務，死後得到「文」的上謚。	86
墨子	戰國時期人，墨家學說的創始人，史上惟一農民出身的思想家，有「布衣之士」之稱。	124
孟子	戰國時期人，儒家思想的繼承者和發揚者，尊稱為「亞聖」。	15
齊威王	戰國時期齊國國君，即位初期不務正業，後改過自新，發奮圖強，令國家日益強盛。	57
齊宣王	戰國時期齊國國君，齊威王之子，喜愛文學遊說之士，廣開言路，曾招學者到稷下學宮作客。	119
司馬遷	西漢史官，因替降臣李陵求情而受宮刑，編撰中國第一部紀傳體史書《史記》，影響後世官方編寫史書的方法。	43
劉安	西漢淮南王，招來賓客、方士數千人，合力編著《淮南子》一書。	155

人物	簡介	頁數
諸葛亮	三國時期蜀國丞相，著名的政治家、軍事家、文學家。	63
傅玄	西晉時期的文學家和哲學家，儒法並濟，又揉合融合道、墨、縱橫家等要點，創立獨有的思想體系。	19
陶淵明	東晉詩人，為人剛直不阿，因官場黑暗而辭官歸隱，擅寫田園詩，有「古今隱逸詩人之宗」的稱譽。	90
杜甫	唐代著名詩人，被譽為「詩史」、「詩聖」，作品以寫實著稱，反映當時黑暗動盪的政局。	130
李白	唐代著名詩人，被譽為「詩仙」，作品富浪漫色彩，想像瑰奇，詩風灑脫奔放。	161
顏真卿	唐代著名書法家，也擅詩文，創「顏體」書體，與歐陽詢、柳公權、趙孟頫合稱「楷書四大家」。	98
白居易	唐代著名詩人，作品反映社會實況，淺白俗通，平易近人，在各個階層廣泛流傳。	167
李商隱	晚唐重要詩人，詩作詞藻華美，意境迷離隱晦。	170
歐陽修	北宋文學家、史學家，擅寫詩、詞、賦，是「唐宋八大家」之一，與宋神宗意見不合而提早退休。	176
蘇軾	北宋著名的全能藝術家，擅長詩、詞、賦、散文、書法、繪畫，是「唐宋八大家」之一。	26
秦觀	北宋著名詞人，詞風婉約清麗，用字淡雅純淨，是婉約派的代表，被譽為「詞宗」。	181
劉基	元末明初的政治軍事奇才、詩文大家，明代的開國功臣，獲明太祖朱元璋封為誠意伯。	136

與名言相關的中國文化知識

範疇	內容	頁數
哲學	儒家「仁」、「禮」、「義」的概念	16
	儒家殺身成仁的精神	39
	儒家積極的入世態度	45
	儒家的「仁政」理念	120
	君子的品格——謙虛	4、87
	君子的品格——胸懷坦蕩	10
	君子的品格——意志堅定	16
	君子的品格——慎言	20
	君子的品格——剛毅	39
	君子與小人之別	10
	墨家環境對人的影響力	126
	道家大智慧的表現	27
	道家福禍相依的觀點	155
	法家「四維」的概念	52
	法家衣食與榮辱的關係	52
	古代「民本」的概念	52
	古人勸諫君主的技巧——隱言	57
	古人一鳴驚人的條件	57
	古人憂國憂民的意識	131
	不被人或物的外表影響判斷力	137
	古人面對逆境順境的心態	155、162

名言延伸小故事

美文欣賞・思考題參考答案

一、修身處世：〈幽默的叫賣聲〉、〈窮〉、〈文竹〉

★ 作者以賣臭豆腐乾的人諷刺甚麼社會現象？

答　賣臭豆腐乾的人童叟無欺，以「臭」作口號標語，所賣的貨品也真是臭的，言行一致，相反一般人常常「說真方，賣假藥」、「掛羊頭，賣狗肉」，以謊話欺騙大眾換取利益，作者通過賣臭豆腐乾的人和一般人的對比，諷刺當時欺詐橫行的社會現象。

★ 為甚麼作者說賣報者則像「玩世的隱士」？

答　賣報者平日不修邊幅，賣報時把價目和重要的新聞標題聯繫在一起，輕佻地叫喊着，像玩世不恭的隱士以不屑的態度對待所謂的「國家大事」，彷彿認為這些世人眼中重要的事情只值小小的兩個銅板，冷眼看待世間一切。

★ 「窮」有甚麼好處？試簡單歸納並說明。

答　「窮」的好處有三：一，窮人沒有閒錢來掩飾真面目，這使自己不會忘記本來面目，別人也很容易見到他的本質（本身的成色）；二，窮人沒有財力幫助別人，不會有人來請求幫忙、也不用參加婚喪喜慶等聚會，落得清閒；三、窮人因為金錢不多，花錢只求片刻快意，所以為人最慷慨，更樂意當「窮大手」，與人分享。

★ 作者說人窮則往往自然的出現「酸」，「酸」指的是甚麼？作者認為「酸化」對人又有何重要？

答　「酸」是指人被窮困環境迫出來，坦然面對自身處境的心態，作者認為「酸」（堅守原則）對窮人十分重要，若沒有「酸化」，窮人會顯得賊頭賊腦，處處受人白眼，一旦「酸化」，窮人對他人的目光再無所畏懼，方能挺起胸膛做人。

★ 作者指文竹「有辱竹名」，從甚麼地方可見？

答　竹在一般人心目中是挺拔有節，終年蒼綠，耐霜耐雪，可以在戶外生長，十分堅強的，而文竹雖名「竹」，卻幼莖纖枝，畏風畏雨，時青時褐，彷彿掙扎於生死邊緣，只宜長在小小的盆內，十分柔弱，看似不堪一擊，生命力比不上日常所見的竹，所以作者認為文竹「有辱竹名」。

★6 〈幽默的叫賣聲〉和〈文竹〉分別以「君子」來比喻賣臭豆腐乾的人和文竹，但前者言行一致，後者表裏不一。這兩種表現都符合君子的特質嗎？兩者有沒有矛盾？

答 賣臭豆腐乾的人與文竹的表現都符合君子的特質。賣臭豆腐乾的人在欺詐橫行的現世沒有隨波逐流以謊話招徠顧客，反而明白地道出臭豆腐乾的真實味道，儼如君子一樣坦蕩蕩、童叟無欺；文竹沒有一般竹子挺拔堅強的外表，令人誤會它嬌生慣養，快要枯死，但它最後出乎作者所料，不死反而生出嫩葉並長高。文竹生命力頑強但不外露，就像君子般大智若愚，謙厚不自誇，遇上挫折時仍堅守氣節，自強不息。兩者呈現了君子不同的特質，因此沒有矛盾。

二、志向抱負：〈人病〉（節錄）、〈守墓〉、〈成功三部曲〉

★1 〈人病〉一文中，作者用了甚麼方法來描寫朋友妻子知道他得肝病後的反應？試舉例並加以說明。

答 作者用了外貌描寫和行動描寫來表現朋友的妻子對他的病感到憂愁和恐懼。作者患的是會傳染的肝病，有天朋友請他吃飯，朋友的妻子雖然表現「熱情」，但作者仍然看出「她眉宇間的憂愁」，因此知道自己的病使她感到擔憂、為難。吃過飯後，作者聽見朋友的妻子把他用過的碗筷都摔碎，並攆走要走近碎片的貓，可見她深恐病毒會殘留和並四處傳播。

★2 在文末，作者的情緒有強烈的轉變，原因何在？試加以闡述。

答 作者因察覺朋友對他提防而感到無奈，直言受不了別人對他的歧視，於是不出門，留在家中。起初他還能以自嘲來自我開解，可是留家日久，作者感到「無限的孤獨和寂寞」。在家中，雖然父母、妻子和女兒沒有嫌棄他，對他如常親近，但這卻使作者害怕自己把病毒傳染給他們，因此事事小心提防，不但餐具分開擺放，連如廁開門等也得小心翼翼，這一切令他的「心在悄悄滴淚」，這種日子終於令作者忍受不了，他認為自己成了一個「廢人」、「魔鬼」，情緒幾近崩潰，加上服藥數年未見起色，於是要求入院治療。

★3 〈守墓〉開首的古詩對下文的表達有甚麼作用？試加以說明。

答 這首古詩有鋪墊下文的作用。詩中雖無說明該登山者的身份和目的，但詩中指出「節近寒食節」，即時近清明，而登山者「非為行役苦，但傷至親離」，描述登山者思念故人的心情，由此推斷他登山是為了上墳，這與下文祖孫二人

上墳的情境有所呼應。加上詩中描寫山上野花雜草叢生，環境荒涼，塑造了淒冷孤清的氛圍，不但為守墓者的故事鋪墊了悲涼的氣氛，更突顯了守墓者的堅持，使他這一份忠心更為可敬。

4 文章本來談守墓者，後來作者忽然說他守的是「國粹的墓」，這一段是否贅言？應否略去？為甚麼？

答 這一段不是贅言，不應略去。作者有意把「守墓」的含意擴展並轉化。文首以佘姓忠僕為主人袁崇煥守墓十七代開展，這裏的「墓」指故人之墓；及後作者提到三峽是文化歷史遺留下來的東西，也應該守，「墓」在這裏所指的已涵蓋了一些不為人珍視的文物古迹；及後作者再提到自己守着「國粹」的墓，當中包括了文學、哲學、思想、藝術、語言等迹近被遺忘的東西，這些都屬於非物質文化遺產，作者把「墓」的意義進一步拓展，層層遞進，目的是要說明題旨：每個人的價值觀都不一樣，各人守着自己的一個墓，也許裏面是其他人覺得沒甚麼價值的東西，包括故人、物件或精神文化，然而「只要有墓，還是有理由守下去」。

5 〈成功三部曲〉多處運用舉例的方法來說明道理，試以第一部分「惟有埋頭，乃能出頭」說明之。

答 文章第一部分運用了設例、事例。作者在文章開首先以自設的情況為例，說明只想成功而不埋頭耕耘的人，有天發現即使起步較她晚的人因努力耕耘而已經有收穫，自己卻還是一事無成。之後，作者引用了她的一位朋友不肯從低做起，年華老去後，願望仍然沒有實現。

6 〈守墓〉談的是堅持的精神，但在〈成功三部曲〉中，作者卻認為當人碰壁時，需要繞道而行，才能獲得成功。你認為這兩種說法是否背道而馳？為甚麼？

答 沒有背道而馳。〈守墓〉談的是人們堅持理想的態度，即「守一些別人不以為然，而自己卻覺得甚有意義的東西」。〈成功三部曲〉的作者則說：「記住自己理想的方向，就算多兜幾個圈子，也並不算錯誤。」她並沒有叫人放棄理想，只是勸人換一換實踐的方法。兩種說法同樣鼓勵人為了目標而努力奮鬥，並無矛盾。

三、問學之道：〈書齋・書災〉（節錄）、〈老鼠金寶〉、〈「鶼鰈」與「鰜鰈」誰的情深？〉

★1 作者說他的書齋常鬧「書災」，甚麼是「書災」？作者能解決這些「災難」嗎？為甚麼？

答 「書災」是指作者書齋的藏書量太過豐富，除了書架上排列得整整齊齊的之外，案頭，椅子上，唱機上，窗台上，牀上，牀下，到處都是書報雜誌。作者不能解決這些「災難」，因為他總是一面理書一面看書，看書時常常回憶往事，引發哀愁和感想，消耗大量時間也沒有辦法把書整理清楚。

★2 「僑居」和「歸化」分別指甚麼？

答 「僑居」指書本是作者跟別人借來的，但他久借未還；而「歸化」則指書本因作者久借未還，借出者索性把書本送贈作者，借來的書就成為了作者的藏書。

★3 作者說「借錢不還，是不道德的事。」隨即又說：「書也是錢買，但在『文藝無國界』的心理下，似乎借書不還是一件不值一提的事了。」為甚麼作者這樣說？

答 作者與朋友間會互相借閱書本，經常出現久借不還，甚至由「借出」變成「送贈」的情況，因此「借書不還」可說是文友之間的知識（文藝）交流，這與借錢不還所涉及的道德問題大有分別，所以作者說「借書不還是一件不值一提的事」，藉此反映與人分享知識是理所當然的看法。

★4 文中「咬」的行為和「甜的、軟的，容易咬嚼，不需要甚麼頭腦即可消化的東西」分別象徵甚麼？

答 文中「咬」的行為象徵學習，而「甜的、軟的，容易咬嚼，不需要甚麼頭腦即可消化的東西」則象徵一些充滿趣味、容易理解，不需要深入思考便能得到的資訊。

★5 金寶咬過書本後，發現書中有「另有一番滋味」，這是甚麼「滋味」？

答 金寶發現書本並不像鈔票般，只是一堆大同小異的數字在重重複複，單調無奇，書本上的知識有趣得多，讓他學到新事物，例如他從害怕「貓」字到大膽咬下，並嘗到草的味道，種種新奇的發現讓金寶嘗到「求知、進步」的滋味，激發他求知的欲望和熱情，使他一有空便往書裏頭鑽。

6 〈書齋‧書災〉和〈老鼠金寶〉的作者對書和金錢的看法有甚麼相似之處？

答　兩篇文章的作者都認為書與金錢的價值不同，書的價值難以用金錢來衡量。〈書齋‧書災〉的作者明確指出借錢不還是不道德的事，卻說書雖然也是錢買的，但在「文藝無國界」的心理下，借書不還倒是理所當然，這反映書的值價難以金錢來衡量；〈老鼠金寶〉的作者則以鼠喻人，認為鈔票（金錢）只是乏味單調的東西，比不上新奇有趣的書本（知識），而自己願意往書裏頭鑽，並立下「我要咬文，我要嚼字」的志願，作者借金寶表達了書本比金錢價值更高的看法。

7 〈「鶼鰈」與「鰜鰈」誰的情深？〉用了甚麼方法說明「鶼鰈」之喻？這樣寫有甚麼好處？

答　文章用了舉例說明，以美國前總統雷根受槍傷時，其夫人南西堅信夫婿終將平安一事，帶出「鶼鰈」之喻，讓讀者更容易理解「鶼鰈情深」的意思，也印證了「鶼鰈情深的夫婦是彼此扶持、互相照應」的說法，加強文章的說服力。

8 文章首段和尾段都提到雷根夫婦，這對文章的表達起了甚麼作用？

答　文章首段先提出一個疑問：形容雷根夫婦情深該用「鶼鰈情深」還是「鰜鰈情深」，尾段則作出相應的交代，指出用「鶼鰈情深」來形容二人的感情最為貼切，首尾呼應，使文章主題更加明確，文章結構更為嚴謹、完整。

四、世態人情：〈一碟辣醬〉、〈富翁與乞丐〉、〈形式〉

1 〈一碟辣醬〉用了不少篇幅談廣東人不懂「辣」，這對文章表達有甚麼作用？

答　這部分有鋪墊的作用，作者詳談廣東人不懂「辣」，所以廚子的辣醬一直不受歡迎，他應該希望找個懂得欣賞他自製的辣醬的人，這也是下文作者只是「好意一舉箸」的行為，就令廚子感到受賞識，並回贈她一瓶辣醬的原因。

2 作者本來不太喜歡偏甜的辣醬，但後來她不但接受了，更愛上了那瓶辣醬。作者真的愛上辣醬的味道嗎？試加以說明。

答　作者愛上的不是辣醬的味道，而是辣醬包含的廚子以醬贈知音的情意。她想不到自己一時好意的嘗試，竟換來廚子的感恩和饋贈，這份情意使她受寵若驚，因而愛上了那瓶辣醬。

★❸ 〈富翁與乞丐〉中，店主對作者說：「先生，你應該知道，你的確是富翁。」你認為店主為甚麼這樣說？「富翁」指的是甚麼人？

答　店主這樣說，是因為他看見作者在沉思，知道作者有所疑惑，於是給作者一個「答案」，說作者「的確」是富翁。店主說的富翁，並非指家財萬貫的人，而是相比起連基本生活也無法應付的人，生活無憂的人就已稱得上是「富翁」了。

★❹ 你認為作者知道〈富翁與乞丐〉這幅畫的故事後有甚麼啟發？他的心態有甚麼轉變？試綜合全文，加以說明。

答　這幅畫令作者反省自己在過着富足的生活時，也需要關心那些赤貧的人。作者初進飯店時，覺得索馬利亞饑荒的募捐海報放在飯店裏是「有點殺風景」，這時的他只顧飽餐，並不關心捱餓的人。直至他知道了這幅畫的故事，並且像富翁一樣，看見畫裏竟有乞丐，大感震驚，於是他不但捐了款，在文末還表示了對現世的感歎：「小小地球之上，富翁與乞丐共存，是一件羞恥的事」，可見這幅畫的故事引起他反思貧富不均雖無可避免，但飽足的人對貧困的人視若無睹，實在是令人齒冷。

★❺ 〈形式〉的作者多次提到「現在不行了」。根據文中的例子，你認為以前和現在的社會風氣最大的不同是甚麼？為甚麼作者要反覆提及這一句？這對文章表達起了甚麼作用？

答　根據作者舉的例子，以前和現在的社會風氣最大的不同是人與人之間的信任漸漸消失：貨品如果沒有預先包裝，並寫明成分和有效日期，就可能是劣質貨；為怕顧客賴賬，店主不再記賬，要顧客每次購物都馬上付款。作者反覆提及這一句，是為了強調現在人與人之間缺乏信任的風氣盛行，以引起讀者注意。

★❻ 綜合〈形式〉一文，作者對追求「形式」的看法有甚麼轉變？試說明。

答　作者欣賞以前人們所追求的「形式」，認為以前具備「形式」（精美外表）的東西都是華實兼備的，就像藝術一樣的創作，「形式」只是錦上添花的事，例如文首提到那一隻三十年前的舊錶，不但外形古典精美，而且十分耐用。反觀現代人講究包裝、為求增加銷量，製造的大多是徒具外表，欠缺內涵的東西，以致於有些人，只講究外表的包裝，內心卻是腐敗不堪的，如那些只為斂財的和尚和居士。對此，作者感到慨歎，甚至加以鄙視。

★ 三篇文章都借用餐時發生的事來抒發感受，你較喜歡哪一篇的表達方式？為甚麼？

答　言之成理即可，以下答案僅供參考：我較喜歡第一篇。作者敍述事件經過後，進一步抒發對「世間之人多是寂寞」的看法，並用哲理式的句子精彩收結，全文餘味無窮。／我較喜歡第二篇。作者以疑似看見畫中有乞丐的情節，抒發他的感悟，情節虛實交替、安排巧妙。／我較喜歡第三篇。作者直接複述和尚和居士的對話，加強了例子的真實感，令他的觀點更具説服力。

五、人生感慨：〈黃昏〉、〈幸會〉、〈一對鳥的故事〉

① 〈黃昏〉第3段以問句開首，這問句在文章結構上起了甚麼作用？

答　這問句有承上啟下的作用。作者在第2段末以「黃昏真美啊，他們卻茫然了」總結前文，説人們忽略黃昏景致，然後第3段開首就反問「他們怎能不茫然呢？」以此引入下文，描寫黃昏急速消逝，因而容易被人忽略。這問句使段落衔接緊密，讓讀者更容易掌握文章的脈絡。

② 季羨林説黃昏在門外替人們安排了幻變而充滿詩意的童話世界，他從哪些感官角度描寫這「門外的世界」？試舉例説明。

答　季羨林從視覺和聽覺兩個角度描寫黃昏。視覺方面，他描寫了黃昏朦朧、微明的色彩，四周的景物像塗上一層銀灰色，空氣也變成牛乳色，凝結起來軟軟地黏黏濃濃地流動着；聽覺方面，他描寫黃昏時，四周闃靜，像下大雪的中夜，比沉默多一點，卻不像墳墓般的死寂。

③ 試簡述季羨林童年時在冬天見到的黃昏景色，並指出這個景色突顯了黃昏哪個特點。

答　他童年時所見的冬天，黃昏時天空和蓋着雪的屋頂都是一片灰白，半彎慘澹的涼月印在天上，連平日會等待着黃昏的人也躲在屋裏，但這不損黃昏的美麗。這突顯了冬日黃昏美麗而孤清的特點。

④ 為甚麼林文月詳細交代演唱會上半場的表演，下半場的表演卻只是簡略一提？

答　她詳細交代演唱會上半場的表演，是想説明自己在欣賞的途中看到表演內容跟朋友描述的不同，才發現自己一時糊塗，弄錯了看戲的地點，繼而寫出自己錯怪朋友爽約的懊惱心情；而下半場的表演與作者的心情變化或文章的中心思想沒有直接關係，所以她只是略述。

⑤ 為甚麼林文月會期待在人羣擁擠的場合，重遇昔日邀她欣賞演唱會的女孩？

答 作者閱世漸多後，明白有很多事情都難以預料，或會因意外造成不可解釋、無由道歉之憾，她見陌生女孩因男友爽約，表現得矜持而倔強，與年輕的自己相似，她擔心女孩不能與男友和好如初，像自己般留下遺憾，所以她期待遇上該女孩，知悉二人的發展。

⑥ 小思為甚麼會對藍豬產生矛盾的感情？

答 藍豬常常冷淡對待朦豬，甚至在朦豬生病時嫌棄牠，惹得小思十分不滿；直至她發現藍豬深受朦豬逝世的打擊所影響，變得日漸憔悴和「慌失失」後，她開始同情孤單的藍豬，所以她對藍豬的感情很矛盾，既不滿牠但又同情牠。

⑦ 〈一對鳥的故事〉佈局精妙，試說明這篇文章怎樣運用記敍手法。

答 文章巧妙運用倒敍法和插敍法，開首寫眼前藍豬憔悴的樣子，然後倒敍藍豬與朦豬相識的經過、相處的細節，以至朦豬患病及逝世的事，間或運用插敍法補充牠們相處的點滴，最後回到眼前，明確指出藍豬憔悴的原因——失去了終身伴侶，孤獨不堪。

⑧ 〈黃昏〉的作者指人們常常無法發現身邊美好的事物，你認為在〈一對鳥的故事〉中，藍豬是否犯了同樣的毛病？試說說你的看法。

答 答案合理即可，以下答案僅供參考：我認為藍豬沒有犯上同樣的毛病，藍豬一直知道朦豬對自己好，所以牠信任朦豬，很多事情見朦豬去做，牠才有勇氣嘗試，加上牠在朦豬死後日漸憔悴和驚惶失措的表現，可見牠昔日只是不善於表達感情，才以看似冷淡的態度對待朦豬。

OXFORD
UNIVERSITY PRESS

牛津大學出版社隸屬牛津大學，以環球出版為志業，
弘揚大學卓於研究、博於學術、篤於教育的優良傳統

Oxford 為牛津大學出版社於英國及特定國家的註冊商標

牛津大學出版社 (中國) 有限公司出版
香港九龍灣宏遠街 1 號一號九龍 39 樓

© 牛津大學出版社 (中國) 有限公司 2016

第一版 2016

本書版權為牛津大學出版社 (中國) 有限公司所有。
若非獲得本社書面允許，或援引清晰的法律條文為據，或獲得授權，
或取得適當的複印版權機構認可，不得以任何形式複製或傳送本書，
或貯存本書於數據檢索系統中。如欲豁免以上限制而複製本書，
須事先致函上址向牛津大學出版社 (中國) 有限公司版權部查詢。

本書不得以異於原樣的裝訂方式或設計發行

ISBN: 978-0-19-047569-7

10 9 8 7 6 5 4 3 2

鳴謝

漫畫創作：葉臻恩

本書部分文章及圖片蒙以下機構、人士准予轉載，謹此致謝。

感謝〈老鼠金寶〉作者陳黎先生免費授權轉載
www.dreamstime.com

本社已盡力追溯書中各項資料之版權，對於暫時未能取得聯絡之版
權持有者，本社深表歉意，並當繼續盡力追溯版權。如偶一不慎侵
犯版權，合法之版權持有者請與本社接洽。

上架分類：語言學習 / 中學參考書